KB050410

이계 황제, 헌터정복기 5

초판 1쇄 인쇄일 2016년 5월 23일 ┃ **초판 1쇄 발행일** 2016년 5월 25일

지은이 아르케 ┃ **펴낸이** 곽중열 ┃ **담당편집 팀장** 이범수
편집부 신연제 이윤아 홍현주

펴낸곳 (주)조은세상 ┃ 출판등록 제 2002-23호
주소 경기도 연천군 미산면 청정로 1355
TEL 편집부 02)587-2966 ┃ FAX 02)587-2922
e-mail bukdu@comics21c.co.kr

ⓒ아르케 2016
ISBN 979-11-5832-555-8 ┃ ISBN 979-11-5832-412-4(set) ┃ 값 8,000원

이계 황제

헌터정복기

NEO MODERN FANTASY STORY & ADVENTURE

아르케 현대 판타지 장편소설

북두
북두(주)

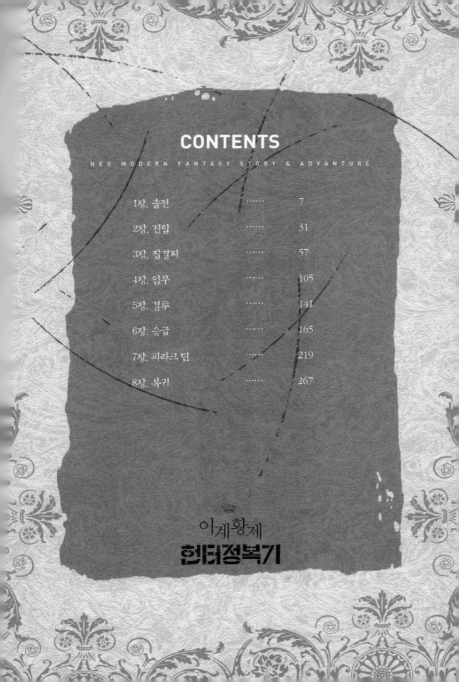

CONTENTS

NEO MODERN FANTASY STORY & ADVANTURE

이계 황제
헌터정복기

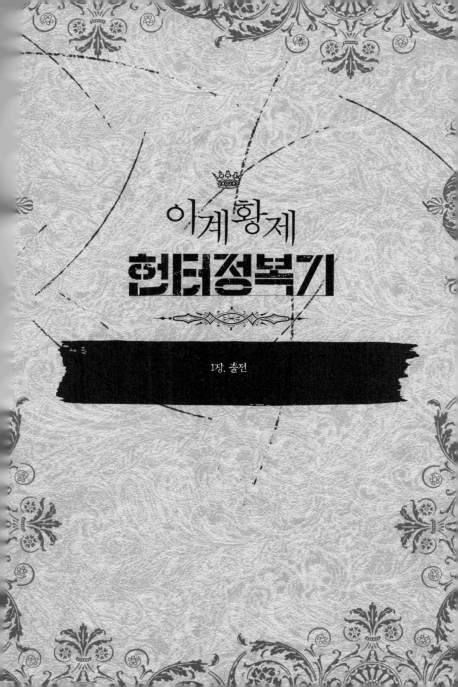

이계 황제 헌터정복기

1장. 출전

1장. 출전

"더 빨리! 늦다 늦어!"

"이익!"

"그래, 좀 더 빨리 움직여!"

가프의 몸을 입은 케론이 김한수, 유시현 그리고 최재혁과 함께 대련을 하고 있었다. 그리고 그 대련은 단순한 일대일 대련이 아니라 일대삼의 대련이었다.

이제 완전히 가프의 몸에 적응을 했는지 케론은 세 명의 파상공세를 물 흐르듯이 빗겨내더니 유시현에게 날카로운 공격을 가하였다.

이미 자세가 흐트러진 유시현은 케론의 공격을 미처

피하지는 못하였다.

퍼억하는 둔탁한 소리와 함께 옆구리를 맞고 나가떨어진 유시현은 충격이 상당했는지 신음성만 흘릴 뿐 바로 일어나지는 못하였다.

다만, 수련인 것을 감안하여 검날로 벤 것이 아니라 검면으로 때린 것이기에 치명상은 아니었다.

"으윽…."

"유시현, 사전 동작이 너무 길고 공격 후의 딜레이가 크다."

여전히 김한수와 최재혁과 대련을 하면서도 케론은 자연스럽게 유시현의 동작에 대해서 지적을 하였다.

그리고 남은 김한수와 최재혁 역시 오래가지는 못하였다. 세 명으로도 버티지 못한 상대이니 두 명으로 한 명이 줄어든 지금의 상황에서 어쩌면 당연한 일이었다.

검면으로 맷집이 강한 최재혁의 머리를 때려 기절시킨 케론은 이내 김한수의 목덜미에 검날을 올리며 대련을 마무리 지었다.

"나아지긴 했는데 여전히 형편없군. 모두 에르하임 기본검식의 전 초식을 천 번씩 반복하도록."

잠시 기절했던 최재혁이 어느새 깨어났는지 기본검식을 천 번 반복하라는 말에 놀라며 되물었다.

"헉… 천 번이나요?"

"아니면 다시 기절해 있던가."

"아… 아닙니다. 헤헤. 해야죠."

케론은 세 헌터에게 수련을 시키고 그 역시 뒤로 물러나 명상에 들려고 하였는데 뒤에서 기척을 느끼고 돌아보았다. 그곳에는 칼스타인이 서 있었다.

"폐… 아니 대장님, 오셨습니까?"

"그래. 어떻게 되고 있어?"

어떻게 되고 있냐는 칼스타인의 질문에 케론은 고개를 저으며 대답했다.

"기본은 가르쳐 놨는데 아직은… 별로 개선되지 못했다는 말씀 밖에는 못 드리겠군요. 너무 겉멋이 많이 들었습니다. 그나마 김한수는 조금 나으나 나머지 두 명은 본신의 능력조차 제대로 활용하지 못하더군요."

헤스티아 제국에서 수련 기사들을 가르쳐왔던 케론이기에 그의 평가는 냉정하고 정확했다. 그렇기 때문에 칼스타인이 이들을 케론에게 붙였던 것이었다.

하지만 지금 칼스타인이 묻는 것은 그게 아니었다.

"아니, 저 놈들이야 그렇다 치고 네 몸 상태 말이야. 이제는 검기 사용이 가능해졌어?"

"아… 저 말씀이셨군요. 네, 이틀 전부터 사용이 가능해졌습니다."

"호오. 세 달만인가? 축하해. 드디어 본신의 실력을 어느 정도 찾았다고 말해도 되겠군."

"아직 많이 미흡하지요."

케론과 에이나가 지구에 온 지도 벌써 세 달이 되었다. 만일 혼자서 수련을 하였다면 세 달만에 검기를 사용할 정도로 회복하기는 힘들었을 것이지만 케론은 적극적인 칼스타인의 도움을 통해서 마나에 대한 이해력을 높여 세 달 만에 본신의 실력을 일정 부분 되찾은 것이었다.

물론 과거 그랜드마스터의 단계를 두드리던 최상급 마스터였던 전성기 시절에 비하면 다소 손색은 있을 수 있으니 미흡하다고 말하고 있으나, 검기의 발현이 가능해진 지금 어느 마스터와 대결을 하더라도 쉽사리 밀릴 케론이 아니었다.

"그래, 천천히 끌어올려. 이번에는 그랜드마스터까지 올라가봐야지."

그랜드마스터라는 말에 케론의 눈빛이 달라졌다. 헤스티아 대륙에서 그 고비를 넘기지 못하고 결국 마나를 다 상실해 버렸던 케론은 이번에는 반드시라는 마음을 갖고 있었다.

"그래야지요. 대장님께서 많이 도와주십시오."

"하하. 여기서는 나도 아직 마스터에 불과하다고."

칼스타인이 엄살에 가까운 말을 하긴 하였지만, 마스터에 오른 이후 마나 장악력이 높아진 지금 축기 속도가 전과 비교하면 수십배 이상 빨라진 것을 알 수 있었다.

마나 자체를 이해하는 라이트소더의 경지는 몰라도 그랜드마스터 정도는 그리 오랜 시간이 걸리지 않을 것이라 생각하였다.

케론 역시 어느 정도는 예상을 하는 지 그 점을 짚으며 이야기 하였다.

"대장님은 시간문제 아니겠습니까? 하하하. 그런데 에이나는 여전히 연구실인가요?"

무인인 케론은 적극적인 수련을 통해서 경지를 회복하려 하였다면, 마법사인 에이나는 심도 깊은 연구를 통해서 경지를 회복하려고 하였다.

그래서 에이나는 칼스타인이 연구실을 만들어 준 이후 두 달이 넘도록 연구실에 박혀서 나오지 않고 있었다. 간혹 칼스타인만이 그녀의 상태를 확인하기 위해서 들르곤 하였다.

"그래 아직 연구실에 있어."

"경지는 회복을 했던가요?"

헤스티아 대륙에서 케론과 에이나는 그리 교류가 깊은 사이는 아니었다. 각각 기사와 마법사로 있었기에 공감대 자체가 없었기 때문이었다.

하지만 이곳에서는 칼스타인을 제외하고는 둘의 사정을 아는 사람이 없었기에 가끔 대화를 주고받았고, 이제 다시는 헤스티아 대륙으로 돌아갈 수 없다는 공감대가 있어서 꽤나 돈독한 사이가 된 것이었다.

"마법사라서 그런지 논리적으로 이해가 가지 않으면 잘 받아들이지 못하는 것 같더라고. 아무래도 마나의 성질이 다르니 아직 그걸 이해하고 있더군."

무인인 케론은 마나를 직관적으로 받아들이고 대응을 하지만, 마법사인 에이나는 마나의 성질을 논리적으로 분석하려 하였기에 케론에 비해서 적응에 시간이 더 걸렸다.

더군다나 무인은 자신의 몸에 축적한 마나를 토대로 외부에 힘을 발현하지만, 마법사는 자신의 마나를 외부로 분출하여 외부의 마나를 사역하는 방식이기에 마나 성질의 차이에 더 민감하게 반응할 수밖에 없었다.

한 가지 이유를 더 찾자면, 케론이 들어간 가프의 몸은 이미 마스터였지만, 에이나가 들어간 리안느의 몸은 아직 6서클에 불과했다는 점도 있었다.

"그렇군요… 그래도 그녀는 엘리니크님을 잇는 천재

마법사라고 알려졌으니 잘 극복할 것입니다."

"그래야지. 그래야 이곳까지 데려온 의미가 있지 않겠어?"

그렇게 둘이 이야기를 나누는 동안 수련장 한 편에서 강이슬과 함께 수련을 하던 성소현이 칼스타인에게 다가왔다.

"수혁아. 아니, 대장님. 히히."

아직 대장이라는 호칭이 익숙하지 않은지 성소현은 어색하게 웃음을 지으며 호칭을 정정하였다.

"응? 무슨 일이야?"

"아니, 혹시 언제 또 사냥에 나가나 싶어서 말이야."

칼스타인이 이끄는 에르하임 길드는 삼 개월의 시간 동안 수련만 하고 있지는 않았다.

실전이 가장 훌륭한 훈련이라는 생각을 갖고 있는 칼스타인은 블랙머천트 연합회에서 몬스터 홀에 대한 정보를 얻어서 적극적인 사냥을 했었다.

다만, 연구실에서 연구 중인 에이나와 헌터가 아닌 이지은은 당연히 사냥에서 제외되었다.

그렇게 시작된 사냥은 삼개월 동안 12개의 몬스터 홀을 클리어하는 성과를 보였다.

보통 홀에 들어갔다 나오면 마나의 안정이 필요하였는데 칼스타인이 강제로 마나 안정화까지 시켜주니 마나

이계황제
헌터정복기
15

안정의 시간조차 필요가 없었기 때문에 이런 빠른 사냥이 가능했던 것이었다.

더군다나 지금은 홀브레이크 시즌이기에 몬스터 홀에 대한 정보 가치가 매우 낮은 상태였다. 즉, 몬스터 홀에 대한 정보를 구하기가 무척이나 쉬운 상태라는 의미였다.

어쨌든 이렇게 사냥을 하는 동안 가장 크게 성장한 사람이 바로 성소현이었다.

과거 몇 번의 사냥에서 힐러로 참여한 적이 있었던 그녀는 당시에는 사냥에 대한 흥미를 느끼지 못해서 결국 의사로 전향하였는데, 이번에 마음 맞는 사람들과 사냥을 하면서 새로이 사냥에 대한 흥미를 느낀 것이었다.

또한, 과거에는 치료 능력 밖에 없었지만 지금은 방어에 관한 능력까지 생겼고, 그 능력의 등급이 A급에 달하기에 예전의 그녀가 아니라 할 수 있었다.

당연히 매우 빠른 성장이 가능한 상황이었다. 그 결과 마스터에는 오르지 못했지만 이제 A급 이능력자의 자신의 능력은 능숙하게 사용할 수 있는 상태가 되었다.

"사냥이라…. 하긴 저번 주에 강릉 인근에서 사냥한 게 마지막이니 일주일이나 쉬었네. 연합회에 한 번 연락해 봐야겠어."

그 말과 함께 휴대전화를 들려는 칼스타인에게 이지은의

목소리가 들려왔다.

"대장님. 아마 연합회 측에서도 홀에 대한 정보를 구하지 못하고 있을 가능성이 높습니다."

"무슨 소리야?"

"아무래도 홀브레이크 시즌이 막바지에 달해서 그런지 홀에 대한 정보 거래가 거의 안 되고 있는 실정입니다. 홀이 생성되고 나면 하루도 채 지나지 않아서 오픈되어 버리니 사고 팔 시간 자체가 없다는 의미지요."

"흐음. 그렇군… 저번 주만 하더라도 오픈까지 삼일 정도의 시간은 있었던 것 같은데 벌써 그리 된 건가?"

홀브레이크 시즌이 어느 정도 진행되었는지를 알려주는 가장 명확한 지표가 바로 생성된 홀이 언제 오픈 되는지였다.

홀브레이크 시즌에 들어가면 오픈까지 남은 시간에 대한 정보는 의미가 없어졌다. 언제 홀이 오픈 될지 알 수 없었기 때문이었다.

그리고 몬스터 홀이 생성과 동시에 오픈되기 시작하면 시즌이 거의 끝나간다는 것을 의미하였고 보통 이 상태가 되고나면 일주일 안에 시즌이 끝나곤 하였다.

"네, 지금까지의 추세로 보아서 일주일에서 이주일 정도면 이번 시즌도 마무리 될 것 같습니다."

"일 이주라… 보통 홀브레이크 시즌이 끝나고 얼마나 지나면 몬스터 웨이브가 발생했지?"

"시즌 종료 후 일주일 정도 안에 결판이 났습니다. 일주일 안에 몬스터 웨이브가 발생하지 않으면 그 시즌은 몬스터 웨이브가 없는 것이지요."

"그렇군. 어쨌든 지금은 홀의 거래가 거의 없다고 하니 그럼 차라리 레드존을 공략해볼까?"

레드존이라는 이야기에 이지은은 다소 놀라며 칼스타인에게 반문하였다.

"레드존을요?"

"그래, 어차피 홀에 대한 정보거래도 안 된다고 하는데 굳이 홀에 집착할 필요는 없잖아. 몬스터를 사냥할 수 있는 곳이라면 어디든 괜찮지."

칼스타인이 결단을 내린 이상 스탭인 이지은이 왈가왈부할 문제는 아니었다. 그녀가 할 대답은 정해져 있었다.

"음…. 알겠습니다. 가능한 레드존을 추려서 오늘 중으로 보고 드리겠습니다."

"그래, 돈이 목적이 아니라 경험과 수련이 목적이니 굳이 돈 되는 레드존을 찾을 필요는 없어."

칼스타인의 창고에는 수십여 개의 고급, 희귀 등급 아티팩트가 있었다. 그것을 현금화 시킨다면 수조원의 자금을 만들어낼 수 있을 것이기에 칼스타인에게 돈은 의미가 없었다.

이지은 역시 이 사실을 알고 있기에 고개를 끄덕이며 다시 한 번 대답하고는 자리를 비웠다.

이지은과 칼스타인과의 대화를 들은 길드원들은 눈을 빛냈고, 늘 그렇듯 김한수가 질문을 던졌다.

"대장님. 이제 레드존입니까?"

"그래. 레드존이다. 시기가 시기인 만큼 홀이 구해지지 않는군. 뭐 그간 어느 정도 익숙해졌으니 레드존을 공략해 봐도 되겠지. 안 그런가?"

마지막 말을 덧붙이면서 칼스타인은 좌중을 훑어보았다. 그리고 칼스타인의 눈빛을 받은 길드원들은 그간 훈련에 충실했는지 누구도 두려운 기색은 없었다.

그런 분위기를 느낀 김한수가 그들을 대표해서 우렁차게 외쳤다.

"네! 대장님. 대장님과 함께라면 어디든 갑니다! 안 그러냐?"

"당연하죠. 하하하."

에르하임 길드의 분위기는 더할 나위 없이 좋았고, 이런 분위기는 이지은이 레드존에 대한 정보를 가져올 때까지도 여전하였다.

이지은의 정보를 토대로 경기도 이천 인근의 소규모 레드존 공략을 결정한 칼스타인은 길드원들에게 내일 출발 할 테니 준비를 하라고 지시하였다.

모두들 약간의 긴장과 약간의 들뜬 상태로 자신의 장비를 점검하러 갔는데, 결과적으로 그들은 레드존에 갈 수가 없었다.

다음 날 아침 지구상의 모든 마스터 이상의 능력을 갖춘 자에게 시스템의 메시지가 떴기 때문이었다.

[1시간 후 지구방어 대전에 시작되오니 준비해 주시기 바랍니다.]

갑작스러운 메시지에 길드원들을 불러 모은 칼스타인은 상황에 대한 설명을 하였다.

당연히 어제 말했던 레드존 공략은 취소되었고 칼스타인과 케론이 없는 동안 개인 수련을 하라는 지시였다.

상황이 상황이니만큼 모두들 별 다른 말 없이 칼스타인의 말을 받아들였는데, 성소현의 분위기는 평소와는 달랐다.

'수혁이한테 도움이 되기 위해서 필사적으로 노력했는데… 이번에도 도움이 되지 못하는구나…. 여전히 난 무능해….'

성소현의 실망의 근원은 자신에게 있었다. 그녀가 삼

개월 동안 필사적으로 노력했던 것은 전투에 흥미를 느
낀 것도 있지만, 그 기저에는 칼스타인에게 도움을 주고
싶다는 열망이 있었다.

　A급 능력자가 되어 이제 조금이나마 도움을 줄 수 있
을 것이라 생각했는데, 이번에도 아무런 도움이 되지 못
한다고 생각하자 그녀의 기분이 침울해졌던 것이었다.

　'말을 들어보니 S급이면 갈 수 있다고 하던데…. 지금
내가 AS급이니 조금만 더 노력하면 될 수 있지 않을까?
지구방위 대전이라는 것이 시작된 이후라도 S급에 오르
면 그리로 갈 수 있을까?'

　칼스타인이 말한 곳이 어떤 곳인지는 알 수 없었으나
그녀는 어떻게든 도움을 주고 싶은 마음 뿐이었다.

　상황에 대한 브리핑을 마친 칼스타인이 케론과 상황을
의논하기 위해서 그의 방으로 돌아갈 때까지도 그녀의
고민은 계속 되었다.

❖

　"대장님, 드디어 지구방위 대전이군요."

　가프의 몸을 입은 케론은 지구방위 대전에 대해서 어
느 정도의 진실을 알고 있었다.

헌터정복기
이계황제
21

그가 마스터에 오른 지 그리 오래되지 않아서 저번 대전에 참가한 것은 아니었지만, 토리도의 측근이었던 그는 약간의 관련 지식은 있었던 것이었다.

다만, 가프 자체가 워낙 정보같은 것에 관심이 없었고 그가 직접 참가한 것이 아니기에 그의 기억에는 그리 많은 정보는 없었다.

"그래 시즌 막바지에 이런 메시지라…. 예상대로군. 그렇다면 지구방어 대전과 시즌 후 몬스터 웨이브는 관련이 있을 가능성이 높아."

지구방어 대전이라는 단어를 시스템에서 본 이후 칼스타인은 여러 방향으로 그에 대한 자료를 조사하였다.

하지만 미네르바에서 정보 통제를 하고 있어서인지 그에 대한 제대로 된 정보는 구할 수가 없었다.

결국 단편적인 정보만을 토대로 엘리니크와 함께 추론을 하였는데 그 때 한 추정이 지구방어 대전과 홀브레이크 시즌과 밀접한 관련이 있다는 것이었다.

특히, 케론이 가프의 기억을 읽어낸 이후로 엘리니크와의 추론은 급물살을 탔는데, 그 결론이, 방어 대전이라는 말처럼 무언가를 막아야 하는 것인데 그것을 막지 못한다면 대륙단위의 몬스터 웨이브가 생기는 것이 아닐까라는 잠정적인 결론이었다.

그런 상황에서 이렇게 홀브레이크 시즌 막바지에 지구방어 대전이 열린다는 것은 칼스타인과 엘리니크가 만든 가설의 타당성을 어느 정도 뒷받침 해주는 것이라 할 수 있었다.

"아. 예상하신 것입니까? 그럼 대전의 방식 같은 것도 추측하신 것이 있으신가요?"

"아니야. 홀브레이크와 지구방어 대전이 연관 있을 것이라는 것까지 예상했던 내용이지. 나 역시 대전에 참가하는 것은 처음이니 어떤 방식으로 진행 될 것인지는 알수 없지."

"그러시군요. 일단 1시간을 이야기 했으니 준비를 해야겠습니다. 얼마 동안 있을지 어떤 상황이 벌어질지 모르니 용병대 시절 행했던 장기 후방 침투작전에 준해서 준비하도록 하겠습니다."

장기 후방 침투작전은 제대로 된 보급품을 받을 수 없는 상황에서 자체적으로 보급을 하며 살아남아 장기적으로 적의 후방을 교란하는 작전이었다.

당연히 보통의 전투와는 보급품이나 장비가 전혀 달랐다. 그리고 어떤 상황에 떨어질지 모르는 지금의 상황에 어느 정도 적용이 된다고 할 수 있었다.

"그래. 다만, 우리 둘만 갈 테니 불필요한 보급품은 굳이 많이 담을 필요는 없을 거야."

이 말을 할 때 칼스타인의 방문을 두드리는 사람이 있었다.

똑똑.

"대장님. 에이나입니다."

"들어와."

이미 에이나의 마나를 느끼고 있었던 칼스타인은 망설이지 않고 그녀가 들어오도록 허락하였다.

"무슨 일이야?"

"대장님. 저도 전에 말씀하신 메시지를 받았습니다."

"음? 그럼 7서클이 된 거야?"

"네, 며칠 전에 간신히 7서클에 오를 수 있었습니다."

무인이라면 체내에 담긴 마나로 각자의 경지를 어느 정도 가늠할 수 있었지만, 체내에 그리 많은 마나를 담고 있지 않는 마법사는 실제 마법을 사용하기 전까지 그 경지를 정확하게 가늠하기는 힘들었다.

마나를 사역하면서 심장의 고리가 엮이며 그들의 경지가 드러나기 때문이었다. 그렇기 때문에 칼스타인 역시 에이나가 7서클에 들어섰다는 것을 그녀의 말을 통해서 알 수 있었다.

"우선 축하해. 너 역시 이제야 헤스티아 대륙에서의 실력을 어느 정도 보일 수 있겠군."

"감사합니다. 모든 것이 대장님 덕분입니다."

에이나의 말을 듣고 있던 케론도 그녀가 경지를 회복했다는 말에 기분이 좋아졌는지 껄껄 웃으며 인사를 건넸다.

"하하하. 축하하네, 에이나. 폐하와 나만 간다고 생각했는데 자네까지 함께 간다니 더 힘이 나는구만."

기사만 둘 있는 조합에 기사가 한 명 더 더해 지는 것과 여기에 마법사 한 명이 더 해지는 것은 천지차이였다.

기사만 있는 조합에 기사가 하나 더해지는 것이 일의 힘을 낸다면 마법사가 더해지는 것은 십 이상의 힘을 줄수 있다는 이야기였다.

특히, 어떤 상황인 줄 알 수 없는 곳에 떨어지는 지금, 다양한 상황에 대처할 수 있도록 해주는 마법사의 합류는 무엇보다도 칼스타인 일행에 큰 힘이 되었다.

그것을 알고 있기에 케론의 기쁨은 더 클 수밖에 없었다.

"잘 됐군. 너도 메시지를 받아서 알겠지만 한 시간 후면 돌입하니 최대한 준비를 해둬. 삼십분 뒤에 여기에서 다시 만나지. 케론 너도 그렇게 해."

"네, 알겠습니다."

"네."

삼십분이라는 시간은 그리 길지 않았다. 각자의 무장을 마친 케론과 에이나는 등에 메는 형태의 고급 공간압축가방을 하나씩 짊어지고 있었다.

케론의 공간 압축가방은 마치 고산지대를 오르는 등산가와 같은 배낭이었다면, 에이나의 가방은 상대적으로 그리 크지 않았다.

"준비는 다 된 거야?"

"네, 일단 기본적인 장비와 소모품, 식음료 등은 챙겼습니다. 폐하께서는 일주일이라 말씀하셨지만 혹시 몰라 최소 세 달은 버틸 수 있도록 준비하였습니다.

홀브레이크 시즌 후 일주일 안에는 몬스터 웨이브가 터져나왔다고 했으니 지구방어 대전이라는 것이 그리 오랜 시간이 소요되는 것은 아니라고 판단했다.

하지만 케론은 용병시절부터 철저한 준비를 하는 것을 원칙으로 하였기에 다소 과하다고 할 정도로 보급품을 준비한 상태였다.

"뭐, 많아서 나쁠 것은 없으니까. 에이나 너도 준비는 끝났어?"

"네, 케론경이 기본적인 보급품을 챙겼다고 하셔서 저는 마법 도구와 마정석 위주로 준비했습니다."

"좋아. 어차피 너한테 기대하는 것이 그거니까."

이제 입장까지 이십여분 정도가 남았을 무렵 별채에서 강렬한 마나유동이 느껴졌다.

'음? 이 기감은….'

칼스타인이 느끼는 기감은 익숙한 기감이었다. 대전의 시작까지 아직은 시간이 조금 남아 있어 마나 유동이 발현한 곳으로 가려고 했는데, 그 기감을 가진 자가 빠르게 칼스타인의 방으로 뛰어오는 것이 느껴졌다.

똑똑똑

"들어와."

들어오라는 말에 방의 문이 벌컥 열리더니 성소현이 뛰어 들어왔다. 그녀는 단지 뛰어드는 것에 그치지 않고 칼스타인을 끌어안으며 외쳤다.

"수혁아! 나 S급이 되었어! 이제 나도 같이 갈 수 있는 거지?"

칼스타인을 돕고 싶다는 강렬한 그녀의 바람이 A급의 끝에서 S급으로 넘어갈 수 있도록 한 것이었다.

애초에 2차 각성을 한 것 자체가 칼스타인 덕분이었으니 결과적으로 그녀의 각성은 칼스타인과 밀접한 연관이 있다고 할 수 있었다.

"허. 시기가 참 공교롭네. 그럼 너도 시스템 메시지가 보여?"

"응! 지구방어 대전에 참가해야하는데."

성소현은 알 수 없는 위험 속으로 가야하는 상황이지만

자신이 칼스타인에게 도움을 줄 수 있다는 사실 하나만으로 너무나도 기뻐하고 있었다.

"후. 어쩔 수 없지. 선택할 수 있는 상황이 아니니 말이야. 출발까지 십분 정도 남았으니 장비 챙기고 공간압축 가방에 필수품 정도는 챙겨와. 식음료는 케론이 챙겼으니 신경 쓰지 말고 네가 쓸 것만 챙기면 돼. 십 분이야. 어떤 식으로 진입하게 되는지 알 수 없으니 같이 가야하니까 시간 지켜."

"응! 알았어. 금방 올게!"

대전(大戰)이라는 말처럼 큰 싸움이 될 것이 분명한데 그녀의 모습은 마치 상을 받은 것처럼 기뻐보였다.

물론 대전에서 살아 돌아온다면 S급 능력자가 된 그녀는 어디서나 인정받는 능력자라 해도 과언은 아니니 기뻐할 이유는 충분해 보였다. 다만, 그녀의 기쁨은 그것과는 무관해 보였다.

성소현은 나간 지 정말 십분 만에 황급히 장비와 가방을 챙겨서 칼스타인의 방으로 돌아왔다.

그렇게 입장까지 십분 정도의 시간이 남았을 무렵 다시금 시스템의 메시지가 떠올랐다.

[지구방어 대전 입장 10분 전입니다. 대전을 함께 할 사전 파티 및 길드를 구성하실 참가자는 파티 및 길드의

구성을 해주시기 바랍니다. 파티 및 길드를 구성하는 방법은….]

"파티라…."

생각하지 않았던 상황이지만 시스템에서 파티나 길드를 구성하는 방법에 대해서 설명을 하였기에 이해하는데 지장은 없었다.

설명에 따르면 파티를 구성해서 대전에 돌입하면 모두 같은 곳에서 대전을 시작할 수 있다고 하였다.

"일단 파티를 맺으면 헤어질 가능성은 없겠군. 그럼 [시스템 접속]."

시스템의 설명대로 시스템에 접속하자 그 곳에는 지구 방어 대전이라는 항목이 새로이 생겨 있었고 그 항목 안에 파티 구성과 길드 구성이 있었다.

파티를 구성하기 위해서는 파티의 리더가 파티 구성을 선언하여야 하는데 여기에는 백만포인트의 카르마포인트가 소모되었다.

그리고 파티원으로 참가 하려면 파티를 구성하는데 소모되는 포인트의 십분지 일인 십만 포인트가 필요하였다.

반면, 길드를 구성하기 위해서는 파티 구성에 필요한 포인트의 열배인 천만 포인트가 필요하였는데, 길드원이

되는데 필요한 포인트는 파티원과 동일하게 십만 포인트
만 있으면 되었다.

지금 칼스타인, 케론, 에이나 그리고 성소현은 파티의
구성과 파티원이 되는데 필요한 포인트는 다 갖춘 상태
라 파티를 이루는 것에는 어려움이 없었다.

파티 구성을 마치자 칼스타인은 시스템에서 파티 관리
메뉴가 새로이 생겼음을 알 수 있었다.

그리고 그 메뉴에는 파티원들의 상태에 대한 정보가
기재되어 있었다. 능력의 세부 내역까지 나오지는 않았
지만, 시스템 상의 현재 상태가 표시되었기 때문에 어디
에 있든 부상을 입었는지 중독이 되었는지 등에 관한 정
보는 알 수 있게 되는 것이었다.

당연히 지구방어 대전 아래에 있는 메뉴였기에 지구방
어 대전 메뉴가 사라지면 사용하지 못할 것이겠지만 일
단은 유용한 메뉴였다.

그리고 파티 상점이라는 것도 따로 있었다.

'파티 상점? 흐음. 재미있는 시스템인데?'

칼스타인이 파티 상점에 들어가서 물품을 확인하려 하
는 순간 시스템의 카운트다운 메시지가 떠올랐다.

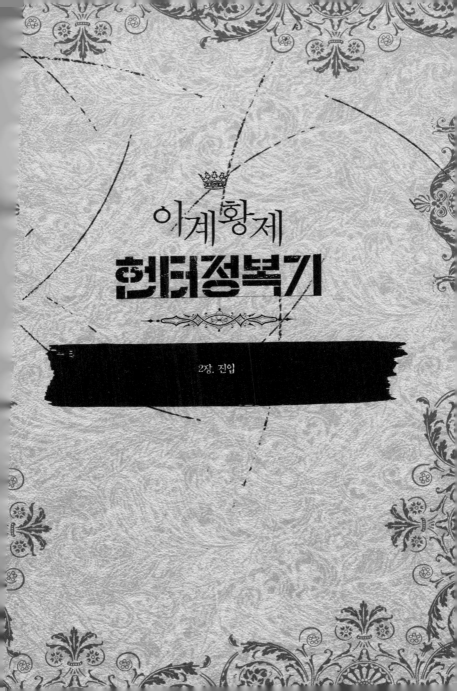

이계 황제
헌터정복기

2장. 진입

2장. 진입

　[대전을 시작합니다. 공간이동이 있을 예정이오니 주의하시기 바랍니다. 10, 9, 8, 7, 6, 5, 4, 3, 2, 1.]

　카운트다운이 끝나면서 세 명을 둘러싸고 공간이동의 마나 흐름이 발생하였다. 이 마나흐름은 칼스타인이 본신의 힘을 갖고 있다 할지라도 항거하기 힘든 강력한 마나흐름이었다.

　잠시 마나흐름을 깨어보려고 하였지만, 강력한 흐름에 저항은 의미 없다고 생각한 칼스타인은 공간이동의 기운을 받아들였다.

　공간이동은 몬스터홀에 들어가는 것과 흡사한 느낌

이었지만 그것보다 훨씬 심한 어지러움을 느끼게 하였다.

다들 신체를 완벽히 컨트롤 할 수 있는 마스터의 경지였지만, 이 어지러움은 쉽사리 이겨내기 힘들 정도의 강도였다.

하지만 그 어지러움은 오래 지속되지는 않았고 잠시후 그들이 서 있는 곳은 칼스타인의 방 안이 아닌 한 황무지였다.

황무지 전역에는 뿌연 안개 같은 먼지가 펼쳐져 있어 가시거리는 매우 짧은 상태였다. 즉, 주변을 둘러보아도 먼지 밖에 보이지 않는다는 이야기였다.

"다들 괜찮아?"

가장 먼저 정신을 수습한 칼스타인이 길드원들에게 물었다.

"음… 괜찮습니다."

"휴… 끝났나보네요."

케론과 에이나는 강한 정신력을 갖고 있어서 그런지 이내 정신을 차렸지만, 성소현은 아직 어지러움에서 헤어 나오지 못했는지 제대로 된 대답을 하지 못하고 비틀거리고 있었다.

그런 그녀의 등에 손을 올린 칼스타인은 자신의 마나로

그녀의 내부를 안정화 시켜주었고 곧 정신을 차린 성소현
은 자신이 가장 늦게 정신을 차렸다는 것을 알고 얼굴을
붉히며 말했다.

"…미안해…."

"미안하긴 뭘. 일단 정신 차렸으면 가자."

칼스타인이 가자고 하였지만 사방을 둘러보아도 모두
가 황무지였다. 딱히 목적지로 삼을만한 곳이 보이지 않
았다.

"근데 어디로 간다는 거야?"

"일단 어디로든 가봐야 하지 않겠어? 이곳에 계속 머
무르고 있을 수는 없잖아. 대전이라고 했으니 뭔가 싸울
상대가 나올 테니 그때까지는 이동해 보자고."

칼스타인의 말에 길드원들이 이동할 채비를 갖추었는
데 그 순간 다시 모두에게 시스템의 메시지가 떠올랐다.

[지구방위 대전 알림 - 8차 지구방어 대전이 시작되었
습니다. 방어에 실패하는 경우 생성될 몬스터 필드는 이
곳입니다.]

이곳이라는 메시지와 함께 잠시 지구의 지도가 보였
다. 그리고 지도에서 표시하고 있는 곳은 미국과 캐나다
를 포함한 북아메리카였다. 이내 지도가 사라지고 다시
메시지가 떠올랐다.

[방어 성공시 몬스터 필드는 생성되지 않습니다. 실패하는 경우 임무 진척도에 따라서 몬스터 필드의 크기가 변동됩니다. 만일 대전을 포기하실 참가자는 지구방어 대전 메뉴의 대전 포기 항목을 선택해 주시기 바랍니다. 단, 전투상태에서는 대전을 포기할 수 없음을 참고하시기 바랍니다.]

'포기가 있어?'

대전의 참가는 의무이지만 포기라는 항목이 있는 한 모두가 적극적으로 나설 이유는 없었다.

하지만 모두가 포기한다면 대전이라는 시스템 자체가 의미가 없을 것이므로 분명 패널티를 주어야 마땅하였다.

아니나 다를까 시스템의 메시지는 이에 대한 내용을 이어서 띄웠다.

[대전을 포기하는 경우 가지고 있는 모든 귀속, 비귀속 장비 및 현재 보유하고 있는 카르마포인트까지 상실하게 되오니 주의하시기 바랍니다. 또한, 7차 대전에서 포기하신 분은 이번 대전을 포기할 수 없으며, 이번 대전을 포기하는 경우 9차 대전은 포기하실 수 없음을 알려드립니다.]

"흐음…. 그렇군."

누가 만들었는지는 모르지만 나름 합리적인 조치였다. 방어 대전이라는 말처럼 무언가에서 지구를 지켜야 하는 것인데 만일 패배가 확실시 되는 상황에서 포기라는 선택지가 없으면 모두가 헛되이 목숨을 버려야 했다. 그럴 때는 다음 번을 기약하기 위해서라도 포기라는 메뉴가 필요하였다.

하지만 계속적으로 포기 할 수 있다면 안전을 지향하는 사람들은 별다른 고민 없이 포기를 할 가능성이 높았다. 그런 성향의 사람들은 굳이 리스크를 지려 하지 않을 것이기 때문이었다.

그런 자들을 강제하기 위해서 연속포기는 하지 못하도록 한 조치는 의미있는 한 수라고 할 수 있었다.

'어쩌면 미네르바의 정보통제는 지구방어 대전에 관한 정보가 하나도 없는 첫 번째 참가자들을 대전 포기를 하게 하여 포기하지 못하는 두 번째 대전에는 필사적이 되도록 하는 효과도 있겠군.'

물론 그것이 정보통제를 하는 이유의 전부는 아닐 것이지만, 칼스타인의 생각은 충분히 타당성이 있었다.

칼스타인은 포기에 관한 메시지 이후 상황을 정리하려고 입을 열려고 하였는데 시스템의 메시지는 여기서 끝나지 않았다.

[지구방어 대전 임무]

임무명 : 드라고니아 하급전사 처단 (0/30)

임무내용 : 지구를 습격하려하는 드라고니아의 하급전사 30명을 처단하라!

임무등급 : C-하급

임무대상 : 이수혁 파티

임무보상 : 대전 포인트 300

'임무라… 이런 방식이었군… 그래서 파티 구성이 가능하게 되어 있었던 것이군.'

아마 파티를 구성하지 않았다면 임무대상은 파티가 아니라 개개인이 받았을 가능성이 높았다. 아니 확실하였다.

임무까지 주어진 이상 망설일 것은 없었다.

"좋아. 일단 이동해서 시스템에서 말한 드라고니아의 하급전사를 찾아보자. 임무등급이 C-하급 정도 수준이니 그리 어렵지 않을 것 같아."

"흐흐. 이거 옛날 용병시절 생각도 나고 재미있네요."

케론은 신기하다는 듯 주변을 훑어보며 칼스타인에게 말했다.

"이동하다가 괜찮은 장소가 보이면 베이스캠프를 만들어 보자고."

"네, 대장님."

"아, 그전에 잠시만. 상점 시스템 좀 확인해봐야겠군."

대전에 진입하기 전에 상점을 보려고 하였는데 카운트 다운이 시작되면서 확인하지 못했기에 칼스타인은 잠시간 시스템을 확인해 보았다.

칼스타인의 시스템에 새로이 생긴 상점은 대전 상점, 파티 상점이었다. 다른 길드원들에게 물어보니 대전 상점만 활성화 되어있다고 하니, 아마 파티장에게만 파티 상점이 열려 있는 듯 해보였다.

실제 있을 것을 추정되는 길드 상점 항목이 없는 것으로 보아서 그 추정이 타당해 보였다.

카르마포인트로 구매 할 수 있는 것은 무공 종류 뿐이었지만, 대전 포인트를 사용하는 대전 상점과 파티 상점은 달랐다. 식음료부터 시작해서 장비, 심지어는 이동식 가옥마저 구매할 수가 있었던 것이었다.

'흐음… 파티 상점이 파티에 특화된 상점이라 하면 대전 포인트 상점은 개인에게 특화되어 있는 것이군. 어쨌든 이런 보급을 해준다는 것은 단시간 안에 승부가 날 것은 아니라는 것인데….'

분명 지금까지의 전례로 보아 홀브레이크 시즌 이후 일주일 안에 몬스터 웨이브가 일어난다고 하였다.

하지만 지금 보여주는 상점은 단지 일주일 동안의 생존 때문에 있을 것이라는 생각이 들지 않을 정도로 다양했다.

적어도 몇 달 길면 평생이라도 이곳에서 생활할 수 있을 정도의 보급이었다.

'그렇다면…. 시간 왜곡이 있다는 것이군.'

칼스타인의 추정에 따르면 아마 이 곳에서 몇 달 몇 년이 지구에서는 며칠에 지나지 않을 가능성이 높았다.

'뭐 지금은 거기까지 생각할 상황은 아니군. 일단 임무를 수행해서 포인트를 쌓다보면 길이 보이겠지.'

결론을 내린 칼스타인은 일단 자신을 바라보고 있는 길드원들을 향해 말했다.

"그럼 가자."

❖

칼스타인 일행은 삼십분이 넘도록 안개에 파묻힌 황무지를 이동하였는데 여전히 주변에는 황무지 외에 다른 것은 보이지 않았다.

성소현을 배려하여 전속력으로 움직인 것은 아니지만 그래도 일반인이 상상할 수 없는 속도로 움직여 왔는데도 여전히 한 명의 지구인도, 드라고니아 전사도 만나지 못하여 일행 모두가 이상하다고 생각할 즈음이었다.

"저기군."

안개 때문에 시야가 가려져 있었지만 대략 5킬로미터 전방에서 누군가의 기척이 느껴졌다.

그리고 그 기감은 인간의 기감과는 판이하게 다른 기감이었다. 능력의 종류에 따라 익히고 있는 무공에 따라서 사람들의 기감은 천차만별이었는데, 지금 느껴지는 기감은 아예 인간이라 할 수 없는 기감이었다.

시스템에서 말하는 드라고니아의 전사로 추정이 되었다.

"뭐가 있습니까?"

아직 현재의 몸으로 기감을 펼치는 것이 익숙하지 않은 케론은 5킬로미터 전방의 기척을 아직 느끼지 못하고 있었다.

"대략 5킬로미터 전방이다. 조금만 더 가면 너도 느낄 수 있을 거야. 음? 저 쪽에서 우리를 먼저 확인했어. 인원은 다섯 명이다. 준비해. 곧 조우한다."

칼스타인의 말에 세 명의 길드원들은 재빠르게 자리를 잡았다. 사전에 이야기 한 대로 칼스타인과 케론이 앞에 에이나가 후방에 성소현이 가운데에 자리를 잡았다.

성소현의 상황 대응력이 이 중 가장 떨어지기에 그나마 안전한 위치로 포지션을 잡은 것이었다.

천천히 움직이는 일행 앞에 어느새 다섯 인영이 나타났다. 칼스타인의 추측대로 드라고니아의 전사였다.

그들의 모습은 지구에서 종종 보이는 리자드맨과 흡사하였다. 인간처럼 2족 보행을 하지만 용의 머리와 꼬리를 갖고 있었다.

다만 리자드맨이 보통의 인간과 비슷한 신장을 가진 것에 비해 이들은 3미터에 달하는 신장 갖고 있어 일견에도 위협적으로 보였다.

다섯 드라고니아 전사는 모두 갈색의 가죽갑옷을 입고 한 손에는 반월형의 곡도를 다른 한 손에는 버클러 형태의 소형 방패를 들고 있었는데 나타나자마자 문답무용으로 칼스타인 일행을 공격하였다.

휘잉~ 콰드득!

3미터에 달하는 큰 키에서 내려친 곡도를 가장 먼저 막아낸 사람은 바로 케론이었다.

케론이 주무기로 사용하는 대검은 희귀 등급의 무구였는데, 뜻밖에도 드라고니아 전사의 곡도는 케론이 가진 대검의 날을 파고들었다.

"케론, 검기를 펼치지 않는다면 검을 잃게 될 것이야."

급하게 펼쳐낸 검격이다 보니 검기가 아닌 샤이닝 소드 상태에서 막아낸 것이었는데, 드라고니아 전사의 검은 그 강도가 상상을 초월했는지 검기를 펼친 것 같아 보이지도 않았는데 케론의 검을 일부 부수었던 것이었다.

하급전사라 하였는데 하나하나가 지구에서 말하는 마스터 초급의 경지에는 있어보였다.

"하압!"

기합과 함께 검기를 피어올린 케론은 조금 전 자신을 공격했던 드라고니아 전사에게 자신의 검격을 날렸다.

하지만 전투는 케론과 이 드라고니아 전사만 하는 것이 아니었다. 어느새 세 명의 드라고니아 전사가 더 뛰어들어서 조금 전 위협적으로 보인 케론에게 한 명 더 붙었고, 나머지 두 명은 각각 칼스타인과 에이나에게 덤벼들려고 하였다.

드라고니아 전사의 위압감에 얼어붙어 있는 성소현은 지금 당장 위협적이지 않다고 생각해서 그런지 내버려둔 것이었다.

그리고 다른 전사들과는 달리 어깨에 붉은 견장을 한 전사는 직접 전투에 나서지 않고 상황을 관망하는 것처럼 보였다.

그러나 그들의 판단은 잘못 된 것이었다. 우두머리가 관망을 할 정도로 여유 있는 상황이 아니라는 이야기였다.

　스슥~!

　순간적으로 밀집된 검기를 피어올린 칼스타인이 자신을 향해 달려온 드라고니아 전사의 검격을 종이 한 장 차이로 피해 낸 뒤 바로 그의 목을 잘라 냈기 때문이었다.

　그 전사의 죽음에 뒤에서 상황을 관망하던 우두머리는 수하의 죽음에 그의 이름으로 추정되는 괴성을 질렀다.

　"투라투!"

　괴성과 함께 더 이상의 관망은 없었다. 그가 직접 전장으로 뛰어든 것이었다. 조금 전 전사와 동일한 무장이었지만 그가 휘두르는 검의 위력은 보통이 아니었다.

　하지만 여전히 칼스타인에게 위협이 되는 수준은 아니었다. 굳이 비교하자면 흑영의 진영만 정도의 수준이었다.

　챙~ 챙~ 채챙!

　붉은 견장이 휘두르는 삼연격을 흘리듯이 막아 낸 칼스타인은 곧장 그의 목을 치기 위해서 검격을 날리려고 하였다.

　그 때, 용의 머리를 한 붉은 견장의 입이 쩍하고 벌어

졌다. 그리고 곧장 엄청난 열기의 화염이 칼스타인에게
쏟아졌다.

긴급하다면 긴급한 상황이었지만 자연스럽게 초월의
영역에 들어간 칼스타인은 몸을 젖혀 브레스를 피해낸
뒤 브레스가 끝나는 타이밍에 검을 찔러 넣었다.

푸욱!

붉은 견장의 목이 꿰뚫리면서 전투는 종결되었다고 할
수 있었다. 목이 뚫렸음에도 억지로 반월도를 휘두르려
던 붉은 견장은 결국 힘이 빠졌는지 털썩 무릎을 꿇으며
입을 열었다.

정확히는 칼스타인의 머릿속으로 말을 전했다. 지금까
지의 몬스터는 대화를 하지 않았던 것과는 달리 이들은
대화가 통하는 존재였다.

의외라는 생각을 하는 칼스타인에게 그의 말이 흘러들
어왔다.

[크르르륵… 이곳에서 시작했다면… 처음 들어온 녀석
일 텐데… 보통이 아니구나… 하지만 이번 대전에는…
그 분이 오셨으니… 우리의 승리다….]

"그 분?"

칼스타인의 말 역시 이해할 수 있는지 붉은 견장은 그
르렁 거리는 목소리로 다시 말을 전했다.

[크크큭. 그래 그 분… 우리 라파칸 족의 우상이자…
드라고니아의 희망이 될 분… 어쩌면 대족장님을 구하여
우리에게 내린 이 저주받은 굴레를 끊어낼 분일지도….]

여기까지 이야기하던 붉은 견장은 더 이상 생명의 끈
을 잡고 있기 힘들었던 것인지 털썩하고 상체를 바닥에
떨어뜨리며 숨을 거두었다.

그리고 시체가 된 그를 보는 칼스타인의 눈빛은 차갑
게 내려앉았다.

'이들 역시 누군가의 하수인이라는 것인가? 이자의 말
에 따르면 종족 전체가 하수인이라는 의미인데… 저주받
은 굴레라는 것을 보니 이들의 자의는 아닌 것 같군… 흐
음… 내가 모르는 내막이 더 있는가본데….'

하기야 애초부터 이상했다 자신이 이곳으로 온 이유는
차치한다 하더라도 시스템의 존재라는 것은 신적인 존재
가 아니고서야 만들 수 있는 수준의 마법이 아니었다.

당연히 그와 대립되는 존재 역시 비슷한 격을 갖춘 존
재일 가능성이 높았다.

'그렇다면 우리는 신들의 전쟁 속에서 사용되는 도구
에 불과한 것인가?'

칼스타인의 생각은 깊어졌지만 결론을 내릴 수는 없었
다.

다만 이 지구방어 대전에서 승리하여 끝까지 살아남는다면 진실의 일말을 볼 수 있지 않을까라는 기대는 할 수 있었다.

'그리고 그 라파칸 족의 희망이라는 자를 만난다면 더 많은 정보를 얻을 수도 있겠지.'

문제는 아직 칼스타인이 자신의 능력을 되찾기 전이라는 것이었다. 마스터에 올랐고 몇 번에 불과하지만 검강까지는 쓸 수 있는 상황이긴 하였지만, 그랜드마스터 급의 강자와 붙는다면 승리할 확률보다 패배할 확률이 높을 것이었다.

최소 그랜드마스터의 경지, 아니 본신의 경지인 라이트 소더에는 올라야 신들의 싸움이라 추정되는 이 전투에서 소모품이 아닌 제 목소리를 낼 수 있을 것이라는 생각이 들었다.

그러기 위해서는 무엇보다도 마나의 회복이 중요했다. 그런 의미에서 칼스타인은 쓰러져 있는 붉은 견장의 몸을 살폈다.

'일단 지성체이긴 하지만 마정석은 있는 것 같군.'

용족의 일종이라서 그런지 이들의 심장에는 마정석과 같은 마나가 응축된 부분이 있었다.

말 못하는 괴물과 대화가 통하는 적은 다르지만 가장

중요한 마나의 회복을 위해서라면 사체의 일부를 취하지 않을 이유가 없었다.

그렇게 칼스타인이 붉은 견장과 대화를 나누는 동안 전투는 모두 끝이 났다. 당연히 길드원들의 승리였다.

케론이 일부 부상을 입긴 하였지만 성소현이 전부 치료를 해주었기에 모두 다 처음과 다르지 않은 상태였다.

모두의 전투가 끝난 것을 확인한 칼스타인은 이미 죽은 붉은 견장의 심장을 갈라내었다.

붉은 피가 흐르는 그의 심장 속에는 아기 주먹만한 붉은 구체가 있었다.

다만, 마정석과 같이 돌처럼 굳은 상태는 아니었다. 오히려 에너지의 덩어리에 가까운 상태라 할 수 있었다.

상태야 어쨌든 그 구체는 한눈에 보아도 강한 마나를 품고 있는 것 같아보였다. 마정석과 달리 깨어서 마나를 흩뿌릴 필요도 없어 보였다.

인간의 경우에는 마스터의 경지라 하더라도 저런 상태의 에너지 덩어리를 갖고 있는 경우는 없었는데 이들 종족은 저런 식으로 마나를 남기는 듯해보였다.

잠시 그 구체를 바라보던 칼스타인은 지체 없이 구체를 꺼내 입에 넣어 삼켰다.

에너지 덩이였지만 마나를 운용하여 충분히 집을 수

있었기 때문에 먹는데 문제는 없었다.

하지만 칼스타인의 생각처럼 마나 흡수는 이루어지지 않았다. 그의 내부로 들어온 드라고니아 전사의 마나가 마치 의지를 가진 것처럼 사방팔방으로 날뛰며 기혈을 자극하였기 때문이었다.

'흡… 몬스터들의 마정석과는 다르군.'

잠시 앉아서 가부좌를 튼 칼스타인은 강렬하게 느껴지는 전사의 마나를 분리하여 밖으로 배출해 내었다.

사실 억지로 흡수하자면 하지 못할 것은 없었지만, 별도의 의지를 가진 마나를 흡수하는 것은 내부에 폭탄을 심어 놓는 것처럼 위험하였다.

더군다나 이들 역시 마스터 초급에는 오른 자들이라 그들의 의지를 제거하고 온전히 자신의 힘으로 하기에는 상당한 시간이 소요된다고 할 수 있었다.

지금과 같은 상황에서 할 수 있는 일은 아니었다.

'아쉽지만, 어쩔 수 없겠군. 이들의 마나는 흡수할 수 있는 성질이 아니군.'

자리에서 일어난 칼스타인은 자신이 경험한 것을 길드원들에게 알려주었다.

마정석과 비슷한 기운을 느낀 길드원들은 그 에너지를 채취하여야 하는지 고민하고 있었는데 칼스타인의 말을 듣고 깔끔하게 포기하였다.

'이들이 하급전사 맞겠지? 임무 정보를 확인해 봐야겠
군. [시스템 접속].'

[기본정보]

이름 : 이수혁, 등급 : SB,

카르마포인트 : 13,174,864/14,274,864, 상태 : 정상

[능력정보]

신체능력 : SB, 정신능력 : X(측정불가), 마나능력 :
SB

[기술정보 (타입: 무투형)]

혼원무한신공(SS) 87/92, 혼원무한검법(SS) 82/95,
카이테식 검술(S) 95/100, 파르마탄식 체술(S) 91/100,
아리엘라식 검술(S) 94/100, 알테아식 마나수련법(S)
87/100, 리하트식 마나수련법(S) 97/100, …. , 천목심안
(A) 19/100

[귀속정보]

환수 썬더버드[셀리나] (전설)

[지구방어 대전]

대전 포인트 : 142

파티구성 : 4인 (현재 파티장)

완료 임무 : 0

진행 중인 임무 : 1개

− 임무명 : 드라고니아 하급전사의 처단 (4/30)

실패 임무 : 0

시스템 창의 지구방어 대전이라는 항목에는 들어올 때는 0이었던 대전포인트가 142만큼 늘어있었고, 진행 중인 임무에도 4명의 하급전사를 처리한 것으로 나와 있었다.

'4명? 5명이 아니라 4명인가? 역시 우두머리는 하급전사는 아니었나보군.'

어느 정도 예상을 했던 부분이었기에 놀랍지는 않았다. 문제는 가장 약체로 생각되는 하급 전사가 이 정도의 능력을 갖고 있다는 부분이었다. 우두머리라 해봤자 하급 전사의 우두머리는 그리 높은 지위는 아닐 것이었다.

즉, 하급 전사들이라 해도 검기를 갓 사용할 수 있는 마스터에 가까운 힘을 갖고 있었는데, 그 상위의 전사나 그 상위 계급의 적들은 얼마만큼의 힘을 갖고 있을지 가늠이 되지 않았다.

'결국 빨리 능력을 올리는 것이 가장 급선무라는 것이군.'

능력을 올리기 위해서는 마나를 갖추는 것이 최우선적인 과제였다. 그리고 칼스타인의 뇌리에 아까 전 대전 상점에서 본 소모품 하나가 스쳐 지나갔다.

'[케이토의 최하급 마나비약]이었지? 원천 마나량을 올려 준다고 하니 아마 마나 회복 물약과는 다르겠지. 그리고 최하급이었으니 중급이나 상급도 있겠지? 그걸 섭취한다면 더 빠른 성장이 가능할 수도 있겠어.'

아까 전 확인했던 상점에는 등급에 따른 제한이 걸려 있었던 것인지 칼스타인이 보았던 물품들은 죄다 최하급 또는 하급의 수식어가 붙어 있었다.

식음료 등의 생필품에는 그런 수식어가 없었지만, 장비나 이능에 관련된 소모품 등은 대부분 그런 수식어가 있었다.

'카르마포인트 상점의 전례를 보면 아마 획득 포인트가 볼 수 있는 물품의 등급을 결정하는 것이겠지.'

카르마포인트 상점에서도 천만 포인트가 넘어서야 A등급의 무공이 나타났었다.

이곳에서는 1포인트가 어느 정도의 가치를 갖고 있는지 모르겠지만, 최하급 마나비약을 구매하기 위해서 100포인트가 소모되니 최상급의 마나비약은 최소 십만에서 백만포인트까지 필요할 지도 몰랐다.

'일단 최하급이 어느 정도 마나를 올려주는 지 확인해 봐야겠군.'

결정을 내린 칼스타인은 상점창에서 [케이토의 최하급

마나비약]을 구매하였다.

시스템 창으로 실체가 있는 물품을 구매하는 것은 처음이었기에 어떤 식으로 구현될까 궁금하였는데 큰 특이점은 없었다.

자연스럽게 칼스타인의 손에 보랏빛 액체가 든 투명한 유리병이 잡혔기 때문이었다.

'이건가? [장비 정보].'

[장비 정보]

이름 : 케이토의 최하급 마나비약

등급 : 일반

특징 : 원천마나 미량 증가

(소유자 변동 불가)

정보는 간단하였다. 등급이 일반인 것으로 보아 일반 등급의 아티팩트라고 보아도 무방한 내용이었다.

다만, 이런 마나비약은 칼스타인이 알기로 지구에서는 한 번도 발견되지는 않았다.

'소모품의 아티팩트도 지구에서 발견되는 것으로 보아 이런 마나비약도 나오지 않을 이유는 없을 것 같은데⋯ 정보의 통제인가? 아니면 특정 아티팩트만 선택되어 나오는 건가? 그리고 소유자 변동 불가라니⋯.'

혹시나 하는 생각에 칼스타인은 손 안에 든 유리병을

케론에게 전달하려고 하였다. 하지만 케론은 유리병이 있다는 것 자체를 인식하지 못하고 있었다.

투명한 상태가 아니라 아예 존재자체를 느끼지 못한다는 의미였다.

'이런 식이군. 일단 마셔 볼까? 미량 증가니 크게 도움이 되지는 않을 것 같지만….'

꿀꺽! 꿀꺽!

비약의 맛은 씁쓸하였다. 마치 한약을 먹는 듯한 느낌과도 흡사하였다. 그리고 이내 단전에서 한줄기 마나의 흐름을 느낄 수 있었다.

'흐음…. 미량이라더니 진짜 미량이군.'

가부좌를 틀고 자리를 잡을 필요도 없을 정도였다. 미약한 마나 줄기가 별다른 조치 없이도 슬며시 단전에 흡수되어 버렸기 때문이었다.

A급 마정석을 깨트려서 마나를 흡수하는 것보다도 적은 양의 마나였다.

'기대 이하로군.'

사실 마정석을 깨어 흡수하는 것은 칼스타인이나 가능한 것이고, 이 마나 비약은 대전 포인트가 있다면 누구나 가능한 것이기에 직접적으로 비교할 수는 없었으나 실망스러운 감정이 드는 것은 어쩔 수 없었다.

하지만, 드라고니아 전사의 마나를 흡수할 수 없는 지금 선택의 여지는 없었다.

그리고 이 마나비약의 등급이 중급, 상급, 최상급이 되면 어느 정도의 마나를 줄 수 있을지도 지금은 속단 할 수 없었기에 일단 칼스타인은 포인트를 모아서 마나비약을 섭취할 계획이었다.

칼스타인이 마나 비약에 대해서 연구하는 동안 케론과 에이나 그리고 성소현은 작은 포인트를 이용하여 생필품을 구매하고 있었다. 정확히 말하면 음식을 구매하였다.

케론이 가져온 음식은 오래 가지고 있어도 상할 염려가 없는 건조식품류가 대부분이었기에 맛은 떨어진다 할 수 있었다.

하지만 포인트 상점에는 1포인트만 사용해도 신선한 음식들이 완벽히 조리된 채로 구매가 가능하였기에 굳이 건조식품을 먹을 이유는 없었다.

그리고 마나비약과는 달리 이런 음식은 소유자 변동이 가능하여 공유 또한 가능하였다.

파티원들은 포인트의 사용을 시험해 볼 목적으로 이런 저런 음식을 구매하였는데 예상 밖의 맛을 보이자 실제로 식사를 하려고 자리를 잡았다.

비록 대전에 들어온 지 그리 오래 되지는 않았지만,

잠시나마 긴장을 풀고 휴식을 취하자는 차원에서 한 일이었다.

그렇게 정찬이라 할만큼 성대한 음식들을 깔아 놓은 케론과 에이나가 가만히 칼스타인을 기다리는 동안, 음식을 다 차렸다고 판단한 성소현은 큰 소리로 칼스타인을 불렀다.

"수혁아! 밥 먹자~!"

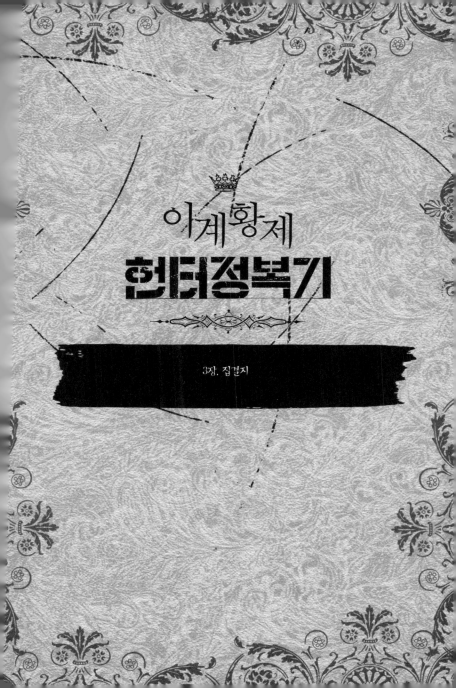

이계황제
헌터정복기

3장. 집결지

3장. 집결지

칼스타인 일행이 첫 번째 임무를 완수한 것은 이곳에 들어온 지 5시간여가 지났을 무렵이었다.

첫 번째 조우 이후 다섯 명 단위의 드라고니아 전사를 일곱 번을 더 마주칠 수 있었고, 그 때마다 하급전사 4명에 아마 중급으로 추정되는 전사 한 명의 조합이라 총 여덟 번의 전투 후에야 첫 번째 임무를 마칠 수 있었다.

그리고 곧바로 두 번째 임무가 시작되었다.

[지구방어 대전 임무]

임무명 : 드라고니아 중급전사 처단 (0/30)

임무내용 : 지구를 습격하려 하는 드라고니아의 중급 전사 30명을 처단하라!

임무등급 : C-중급

임무대상 : 이수혁 파티

임무보상 : 대전 포인트 600

"하급에서 중급으로 바뀐 것을 제외하고는 모두 똑같 군."

"그러게 말입니다. 어찌 보면 우리에게 이곳에 적응할 시간을 주는 것인지도 모르겠군요."

"하긴 그렇게 볼 수도 있겠군."

지금의 상황은 게임으로 치자면 튜토리얼과 같은 상황 이었다. 마치 인터페이스와 시스템을 파악하게끔 하는 상황이라고 보아도 무방하였다.

그렇다고 해서 게임의 튜토리얼처럼 위험이 없는 것은 아니었다. 하급전사만 해도 갓 마스터가 된 무인과 비슷 한 무력을 갖고 있었고, 그들의 리더 격인 붉은 견장은 초월의 영역까지는 들어가지 못했으나 꽤나 숙련된 마스 터와도 비견 될 정도였으니 말이었다.

게임과는 달리 이곳에서는 죽으면 그것으로 끝이었 다.

"어쨌든 임무를 수행하는 것 말고는 이곳에서 더 할 수 있는 것은 없으니 중급 전사나 찾아보자."

"네!"

중급 전사들 역시 칼스타인 일행의 상대는 아니었다.

중급 전사들을 이끄는 상급 전사로 추정되는 전사가 상대적으로 강하긴 하였지만 여전히 케론 혼자서도 충분히 잡아낼 만한 수준이었다.

다만, 그들을 만나는 것이 생각보다 쉽지 않아 하루의 숙박까지 한 뒤에 그들을 모두 잡아 낼 수 있었다.

그렇게 중급 전사 사냥에 대한 임무를 완료하자 케론이 우스갯소리로 칼스타인에게 말을 건넸다.

"중급까지 잡았으니 이번에는 상급 전사일까요? 하하."

하지만 케론의 기대는 빗나갔다.

[지구방어 대전 임무]

임무명 : 집결지 도착

임무내용 : 집결지 아르카디움에 도착하라.

임무등급 : C-상급

임무대상 : 이수혁 파티

임무보상 : 대전 포인트 1000

"집결지라는 곳이 있었군. 흐음… 방향은 알려주는 것인가?"

처음 만났었던 하급전사를 이끄는 붉은 견장은 분명 '이 곳'에서 시작한다면 처음 들어온 녀석이라는 언급을 하였었다.

그 말인 즉, 두 번째 이상 들어온 사람들은 이 황무지가 아닌 다른 곳에서 시작한다고 보아도 무방하였다. 집결지라는 곳이 유력한 장소였다.

또한, 임무가 생성되면서 파티원 모두는 집결지가 있는 방향을 느낄 수 있었다. 정확한 거리는 알 수 없었으나 어느 방향으로 가야 집결지가 나오는 것인가는 느껴진다는 의미였다.

아무 이정표도 없는 상황에서 방향이라도 느낄 수 있다는 것은 어둠 속에서 등대를 찾은 것이나 마찬가지의 상황이었다.

"휴… 이제 막연하게 헤매지 않아도 되겠네요. 그런데 처음부터 저 집결지라는 곳에서 시작하지 않은 것은 적응도 적응이지만 시험할 생각도 있다고 보아도 되겠군요."

"그럴 가능성이 높지. 거기다가 집결지로 모이는 임무의 등급이 중급 전사를 처리하는 것보다 높아. 분명 방해물이 있겠군."

"그런데 대장님. 이제 방향도 정해졌는데 셀리나를

불러서 가는 것은 어떻겠습니까?"

지금 길드원들은 셀리나의 정체를 알고 있었다. 그리고 케론과 같은 경우는 이미 헤스티아 대륙에서 셀리나를 보았기에 길드원들보다 먼저 그 정체를 알고 있는 상황이었다.

그래서 그녀를 본신으로 돌려 탐색을 해보자는 제안을 할 수 있었던 것이었다.

"셀리나는 어머니와 아이들을 보호…. 흠… 그렇군. 생각을 잘못했어."

칼스타인이 셀리나를 두고 온 것은 조금 전 말을 하려는 대로 박정아와 길드원들의 보호 때문이었다.

사실 처음 대전에 돌입할 때는 셀리나의 소환이 유지될지 아닐지에 대한 확신은 없었다.

몬스터홀에 들어갈 때에도 소환은 해제되지 않았지만, 지구방어 대전에 진입하는 것은 처음 겪는 일이라 그녀의 소환이 해제될 지에 대한 의구심이 있었는데 다행히도 소환은 유지되고 있었다.

다만, 단순히 몬스터홀에 들어가는 것과 대전에 들어오는 것은 상당한 차이가 있는지 소환의 유지만을 느끼고 있을 뿐 심어의 전달조차 되지 않아서 지구의 상황을 확인할 수는 없었다.

그런 상황에서 그녀의 소환을 해제하여 이곳으로 부르면 칼스타인이 지구로 돌아가기 전까지 그녀를 다시 지구로 돌려보낼 수 없었을 것이기에, 그녀를 지구에 두고 온 보람이 없어진다고 할 수 있었다.

　　소환의 해제는 어디서나 가능하지만 소환을 행하는 것은 마나가 닿는 곳에서만 가능하기 때문이었다.

　　하지만 조금 전 케론의 말을 들은 칼스타인은 잠시 생각에 잠겼다.

　　애초에 그녀를 두고 온 이유가 혹시 모를 위험에 대해서 박정아와 길드원들을 보호하기 위해서였는데, 지금 생각해보니 위험이라는 것이 있을 리가 없다는 판단이 들었기 때문이었다.

　　'어차피 홀브레이크 시즌 후 몬스터 웨이브가 발생할 때까지는 몬스터홀 자체가 생성되지 않으니 몬스터에 대한 피해 우려는 없을 것이고… 시스템의 문구로 보아선 모든 마스터가 이 대전에 참가하는 것이니 지구에는 마스터급의 강자도 없을 거야….'

　　즉, 현재 지구에는 그들을 위협할 요소가 전혀 없다는 것이었다. 굳이 셀리나를 지구에 둬야할 이유가 없다는 말과도 상통하였다.

　　그렇게 결론을 내린 칼스타인은 셀리나의 소환을 해제

한 뒤 이곳에서 다시 그녀를 소환하였다.

"어? 오빠. 저는 어머니 지키라고 하지 않았어요?"

"그럴 필요가 없을 것 같아서 말이야."

칼스타인은 간단하게 자신의 추론을 이야기 하여주었고, 그 말을 들은 셀리나는 이유야 어떻든 칼스타인과 함께 할 수 있다는 사실에 기뻐하며 말했다.

"히히, 어쨌든 지구로는 다시 못 돌아가니까 대전 끝날 때까진 같이 있을 수 있다는 말이죠?"

"그래. 일단 집결지라는 곳으로 가야할 테니 현신해서 그 곳으로 가보자."

"네. 오빠."

썬더버드의 본신으로 현현한 셀리나의 등은 칼스타인을 포함한 파티의 전원이 올라탈 만큼 충분히 넓었다.

모두의 탑승을 확인한 셀리나는 모두에게 심어를 전했다.

[그럼 출발합니다.]

셀리나의 커다란 날개라 천천히 펄럭이더니 하늘 높이 떠올랐다.

상당한 높이를 올라왔지만 먼지는 여전하였고, 지상에서 수킬로미터 상공으로 올라왔음에도 먼지는 걷히지 않았다.

[뭔가 마법적인 조치가 있는가본데요?]

"그런 것 같군. 일단 방향은 알고 있으니 그리로 가자."

아무리 거리가 있다하더라도 초음속 이동이 가능한 셀리나에게는 그리 오래 걸리지 않을 것이라고 일행들은 생각하였다.

하지만 이동은 쉽지가 않았다. 칼스타인의 예상대로 난관이 나타났기 때문이었다.

처음의 난관은 삼십여분을 날아간 뒤 만난 붉은 사막지대였는데 단순한 사막지대가 아니었다.

붉은 모래사막의 모래가 엄청난 고열을 머금고 있어 한걸음 한걸음 떼기도 힘든 지역이었기 때문이었다.

그러나 셀리나를 타고 가고 있는 칼스타인 일행은 다소의 더위는 느낄지언정 큰 문제는 없었다.

설령 사막지대를 걸어간다 해도 큰 피해를 입을 전력은 아니었기 때문에 이 정도 난관은 큰 문제가 아니었다.

사막지대를 한 시간 정도 날아가자 칼스타인은 일행은 두 번째 난관인 번개 지대를 만날 수 있었다.

어두컴컴한 먹구름이 가득한 곳이었는데 사방에서 번개가 내리치고 있었다. 중구난방으로 내리치고 있었기에 모든 번개를 피하기란 거의 불가능에 가까워 보였다.

평범한 파티였다면 아무리 마스터라 해도 아무 피해없이 통과하기는 꽤나 힘들어보이는 지역이었다.

하지만 칼스타인 파티에게는 셀리나가 있었다. 번개의 화신이라 할 수 있는 썬더버드 셀리나가 번개에 피해를 입을 리 없었다.

"셀리나가 있으니 이렇게 편하군요. 만일 셀리나 없이 통과하려했다면 방향을 안다 해도 족히 일주일은 걸렸을 것 같습니다."

케론이 셀리나를 칭찬하는 말을 하자 기분이 좋아진 셀리나는 꾸르륵하는 기성을 냈었고, 이내 흡수한 번개를 후방으로 내뿜으며 더 빠르게 번개지대를 통과하였다.

하지만 다음 지대에서는 셀리나의 기동성을 이용하기가 쉽지 않았다. 엄청난 바람이 몰아치는 태풍 지대였기 때문이었다.

소환수이긴 하였지만 기본적으로 새의 형태를 하고 있는 셀리나는 바람의 영향을 많이 받을 수밖에 없었다.

그런 상황에서 날아서 이곳을 지나가는 것을 뛰어서 지나가는 것에 비해 더 큰 힘이 들 것이 분명하였다.

"일단 내려서 가야겠군."

"그러게 말입니다. 그래도 두 지역은 쉽게 통과했네요."

비록 이 곳에서 막히긴 하였지만 셀리나 덕분에 사막지대와 번개지대는 쉽게 통과한 것이 사실이었다.

케론이 그것을 상기시켜주자 칼스타인은 절로 셀리나의 머리를 쓰다듬으며 말했다.

"수고했어."

생각지도 않았던 칼스타인의 칭찬에 셀리나는 기분이 좋아져서 히죽거리며 대답했다.

"히히. 뭘요."

태풍지대는 기본적으로 십수개의 대형태풍과 수백여개의 허리케인이 공존하는 지역으로, 마스터에 오른 자들이라면 직접적인 타격을 입지는 않겠지만 잠시 방심한다면 태풍에 휩쓸려 어디로 날아갈지 알 수 없는 곳이었다.

"어떤 원리인지는 모르겠지만 방향을 가리키는 느낌이 강해지는 것이 집결지라는 곳까지 그리 멀지 않은 것 같군."

"네, 그런 것 같습니다. 이런 시스템이라는 것을 누가 만든지는 모르겠지만 정말 대단한 자로군요."

"그렇지, 세계를 상대로 마법을 사용하는 자니 신이라고 불릴 만한 능력을 가진 자겠지."

"그런 자가 뭐가 아쉬워서 이런 짓을 하는 것일까요? 지금 몬스터들도 그 신이라는 자면 한번에 치워버릴 수 있을 텐데 말입니다."

"그러게 말이야. 뭔가…. 우리가 아직 모르는 이유가 있겠지."

케론의 말이 화두가 되었는지 칼스타인을 비롯한 모두는 각자의 생각에 잠겨 묵묵하게 태풍의 지대를 헤쳐나갔다.

몸을 가볍게 해서 빨리 뛰면 강력한 바람에 몸이 날려갈 우려가 있었기 때문에 일행의 속도는 그리 빠르지 않았다. 그렇다고 해도 일반인의 속도와는 비교할 수준은 아니었다.

시속 수십킬로미터 이상의 속도로 나아갔기 때문이었다. 그렇게 대여섯 시간이 흘러갔다.

우연인지 무슨 이유가 있는 것인지 그 동안 드라고니아의 전사는 한 명도 보지 못하였다.

무슨 경계가 있는 것인지 태풍의 지역이 딱 끝났는데 저 멀리 커다란 성채가 하나 보였다.

거대한 바위 틈 사이에 있는 성채는 이십여 미터 이상의 웅장한 성벽을 가지고 있었다.

"아. 저기가 집결지인가 봐요!"

이틀에 가까운 여정에 지쳤는지 성소현은 드디어 보이는 집결지에 반색을 하며 말했다.

그녀가 말을 하지 않아도 그 곳이 시스템 때문에 느껴
지는 기운 때문에 저 곳이 집결지 임을 모두 알 수 있었
다.

다만, 지금 칼스타인과 케론, 에이나는 집결지 대신 그
앞의 상황을 보고 있었다.

"전투 중이군요."

케론의 말처럼 성벽의 앞에서는 치열한 전투가 벌어지
고 있었다.

방어를 하는 사람들은 수백여 명에 불과했는데 공격을
하는 드라고니아 쪽은 수천에 달하는 인원이었다.

다만, 드라고니아 측은 갑주를 갖춰 입은 전사들만이
있는 것은 아니었다. 그 곳에는 전사와 더불어 지구에서
보이는 거대 몬스터들까지 함께 하고 있었다.

숫적으로 열세에 있는 상황이라 방어가 쉽지 않아보였
는데 특정한 기운이 성채 주위를 둘러싸고 있는지, 드라
고니아의 전사들의 움직임은 꽤나 둔중해 보이는 반면,
인간 쪽의 움직임은 그들이 가진 기운에 비해서 더 원활
해보였다.

또한 거대한 몬스터들이 성벽을 후려쳐도 성벽에는 흠
집하나 나지 않는 등 성벽에도 특수한 조치가 되어 있는
것처럼 보였다.

"대전이라 하더니 정말 대전투군요."

수만의 병력이 다투는 전투를 경험한 케론이기에 사실이 정도 규모의 전투는 대전이라 하기 힘들다 생각할 수도 있지만, 지금의 전투는 규모는 작지만 다른 형태의 대전이었다.

그것은 몬스터를 제외한 병력 하나하나가 최소 마스터 수준이었기 때문이었다. 수백 명의 마스터가 싸우는 장면은 대전이라 부르기에 전혀 손색이 없었다.

무공과 마법 그리고 초능력을 가진 마스터들이 드라고니아 전사들과 몬스터를 향해 공격을 퍼부었고, 드라고니아 전사는 각종 이능과 무술로 그 공격을 받아내고 있었다.

칼스타인이 걸음을 멈추고 전투를 지켜보고만 있자, 옆에 있던 성소현이 그에게 말을 건넸다.

"우… 우리… 저길 뚫고 가야 하는 거야?"

연이어 엄청난 전투가 벌어지고 있는 성벽을 보고 엄두가 안 난다는 듯이 성소현이 더듬거리며 말했는데, 옆에 있던 셀리나가 그녀를 툭 치며 칼스타인 대신 대답했다.

"언니, 여기까지 어떻게 온 건지 잊었어?"

"아… 그렇지. 네가 있었구나. 아까 태풍지대에서는 걸어오다 보니 깜빡했네. 헤헤. 하긴 널 타고 가면 문제없이 갈 수 있겠구나."

그렇게 일행들이 이야기를 나누는 동안 수 킬로미터 앞에서 전투를 벌이는 드라고니아 전사들이 칼스타인 일행의 등장을 알아차렸는지 비교적 후방에 있던 이십여 명의 전사들이 칼스타인 일행을 향해 뛰어오는 것이 보였다.

"대장님, 적들이 다가옵니다."

지금 뛰어오는 전사들에게서 여태껏 마주쳤던 중급, 하급 전사들보다도 훨씬 더 강한 기운이 느껴졌기에 케론과 에이나 역시 경시하지 않고 상대를 기다렸다.

특히 붉은 판금 갑옷을 입고 있는 한 전사는 주변의 전사들보다도 월등한 힘을 갖고 있는 것이 감지되었다.

"오빠, 본신으로 돌아갈까요?"

아직은 거리가 있기에 지금이라도 셀리나를 타고 간다면 굳이 전투를 하지 않고 성채로 진입할 수 있을 것이었다. 하지만 칼스타인의 선택은 전투였다.

"한번 붙어보지. 어차피 앞으로 계속 싸워야 할 상대일 텐데 말이야."

"네, 알겠습니다. 대장님."

칼스타인의 말에 케론은 지체 없이 대검을 꺼내어 들었고, 에이나는 마법 시전을 준비하였다.

잠시 마나를 가다듬던 에이나는 옆에 있던 셀리나에게 눈짓을 주면서 말했다.

"리나, 준비해줘."

"오케이!"

셸리나의 대답을 들은 에이나는 지체 없이 수인을 맺더니 마법주문을 영창 하였다.

"!@$%@#$%@"

잠시간 이어지던 에이나의 마법은 이내 시동어와 함께 발현이 되었다.

"아크라투스!"

에이나의 마법은 안개를 펼치는 마법이었다. 단순한 안개는 아니었는지 달려오는 드라고니아 전사들의 움직임이 다소 둔해졌지만, 그것만으로 그들을 멈출 수는 없었다.

하지만 이것으로 끝이 아니었다. 에이나의 마법 시전을 확인한 셸리나가 본격적으로 전격을 내뿜었기 때문이었다.

"라이트닝 템페스트!"

그녀의 코어에서 발현된 강렬한 번개 줄기는 스무 명의 드라고니아 전사들을 덮쳤다.

원래대로라면 한 번의 강타 이후 대지로 스며들어 사라져야 하는 번개 줄기가 에이나의 안개 마법과 상승작용을 일으켜 마치 조금 전 지나온 번개 지대와 같은 효과를 주었다.

파즈즈즈~ 파지지직~!

강렬한 번개가 안개를 타고 드라고니아 전사들이 있는 곳을 뒤흔들자 상대적으로 실력이 떨어지는 십여 명의 드라고니아 전사는 결국 번개를 버티지 못하고 숯으로 변해 쓰러지고 말았다.

"크아아아아!"

"크르르륵!"

동료들의 죽음을 목격한 나머지 전사들은 눈에 붉은 광기를 띄우며 더 빠른 속도로 칼스타인 일행에게 뛰어 왔다.

가장 먼저 그들을 맞은 것은 역시나 케론이었다.

콰앙!

케론은 삼미터가 넘는 거구에서 떨쳐내는 반월도를 자신의 대검으로 받아쳤는데 서로가 강대한 마나를 품고 있었는지 폭탄이 터지는 것과 같은 폭음이 터져 나왔다.

"크아!"

검격이 막힌 전사는 괴성을 지르며 케론을 향해 연속 공격을 하였는데 케론은 철벽과도 같은 방어를 보이며 공격 하나하나를 막아내거나 흘려내었다.

"느리다 느려! 그 정도 공격으로 이 케론을 잡을 수 있을 것 같으냐? 하하하!"

강맹한 공격이 계속 되었지만 케론의 방어를 뚫어낼 수는 없었다. 오히려 간간히 들어오는 케론의 반격에 드라고니아의 전사는 손발이 어지러워졌다.

　그리고 잠시 균형을 잃은 그 순간 케론의 대검이 전사의 복부를 뚫어낸 뒤 좌측으로 빠졌다.

　"크르르르륵…."

　순식간에 몸의 절반이 베어진 전사는 복부를 부여잡고 바닥으로 쓰러졌고 이어진 케론의 검에 그 목이 떨어져 버리고 말았다.

　"하하하! 또 덤벼라!"

　케론은 피 튀기는 전투에 흥분을 하였는지 주위를 둘러보며 다른 드라고니아 전사를 잡기 위해서 몸을 날렸다.

　스무 명에 달했던 드라고니아의 전사는 이제 세 명 밖에 남지 않았다. 케론이 한명을 처리하는 동안 칼스타인이 두 명, 에이나와 셀리나가 각각 한 명씩을 처리했기 때문이었다.

　드라고니아 전사들은 불리한 상황인 것을 알았지만 몸을 피하려 하지는 않았다. 다만, 본대를 향해 알아듣기 힘든 괴성을 질러 자신들의 상황을 알렸다.

　하지만 본대와 이곳까지의 거리는 꽤나 있었고 얼마 지나지 않아 모든 전사들은 싸늘한 주검이 되고 말았다.

"대장님 또 몰려오는데요?"

스무 명의 전사로 안 되니 마흔 명의 전사가 달려오고 있었다. 그리고 아까 전보다 강한 기운의 전사들도 몇몇이 보였다.

"일단 이번 임무부터 완수하자. 셀리나."

칼스타인의 말을 들은 셀리나는 자신의 몸을 본신으로 변환하였고, 일행들을 등에 태운 셀리나는 빠른 속도로 집결지로 향해 날아갔다.

간간히 아래에서 오는 공격들이 있었으나 셀리나의 자체 방어막에 막혀서 아무런 피해를 주지 못했고, 일분도 채 되지 않는 시간 만에 칼스타인 일행을 태운 셀리나는 성채 안으로 들어 갈 수 있었다.

"흐음…."

성채에 진입하기 직전 칼스타인을 비롯한 일행 모두는 자신을 감싸는 포근한 기운을 느낄 수 있었다.

성채에 있는 무언가에서 발현되는 기운인 것 같은데 신체와 마나를 활성화시켜주는 기능을 가진 것 같았다.

아마 이 기운이 드라고니아 전사들에게는 반대로 작용되어 그들의 행동을 방해하는 듯하였다.

다만, 무슨 절차가 필요한 것인지 이 기운은 아직은 칼스타인 일행은 신체와 마나를 활성화시키지는 않았다.

그저 가만히 감쌀 뿐이었다.

성채 위에서 드라고니아의 공격을 방어하던 마스터들은 칼스타인 일행의 등장에 놀란 표정을 지으며 대화를 주고받았다.

"저기서 왔다는 말은 신참이라는 말인데… 허, 벌써 집결지에 온 건가?"

"그러게 말이야. 대전 시작 이틀 만에 집결지에 오다니 보통 녀석이 아닌가 본데?"

대다수의 인원들은 칼스타인 일행의 등장에 놀랍다는 반응이었지만 몇몇은 대수롭지 않다는 반응도 있었다.

"저 쪽에서 왔다는 말은 잘나봐야 마스터라는 거 아냐? 그랜드마스터도 아닌데 뭘 그리 놀라?"

"허. 쉽게 말할 일이 아니네. 삼대관문을 하루 만에 통과해서 여기까지 오는 건 그랜드마스터라도 쉽지 않은 일이니 말일세. 분명 그랜드마스터까지 올라갈 인재일 거야."

한창 진행 중인 전투 소리에 사람들의 대화소리는 잘 들리지 않았지만, 정보 획득을 위해서 마나를 집중한 칼스타인의 귀를 피할 수는 없었다.

다만, 소리는 들렸지만 언어를 알아들을 수가 없었다. 중국어나 베트남어 등 칼스타인이 알지 못하는 말이 많았기 때문이었다.

하지만 그 중에서도 한국어는 있었고 한국어만을 골라서 들은 칼스타인은 대강의 상황을 약간이나마 파악 할 수 있었다.

'역시 일종의 튜토리얼이었군.'

사람들의 말을 조합해 본 결과 이 곳에 있는 마스터들은 최소 2회차 이상 대전에 참여한 자들일 가능성이 높았다.

그리고 새로이 대전에 참여한 자들 중에서 칼스타인 일행이 가장 먼저 집결지에 도착했음도 알 수 있었다.

'다들 셀리나와 같은 존재가 없으니 당연한 결과겠지.'

칼스타인이 생각을 정리하는 동안 셀리나의 본체는 성채 안쪽으로 진입하였고 이내 파티원들을 내려주고 자신 역시 인간의 모습으로 돌아갔다.

"도착했습니다~."

그리고 셀리나의 말이 끝나기가 무섭게 일행들은 다시 떠오른 시스템의 메시지를 볼 수 있었다.

[임무를 완료하였습니다. 1,000 포인트의 대전 포인트가 지급됩니다.]

여기까지는 당연한 결과였다. 하지만 칼스타인에게 나오는 메시지는 여기서 끝나지 않았다.

[위업 달성! 신규 대전 참여자로서 개전 30시간 안에 집결지 최초 도착 완료! 추가 대전 포인트 100,000 지급.]

[전체임무 최초 완료! 신규 대전 참여자 중 가장 먼저 집결지 도착. 추가 대전 포인트 1,000 지급.]

칼스타인이 파티장이여서 그런지 셀리나의 등에 앉을 때 그가 가장 앞서 앉아 있어서 그런지 칼스타인에게만 위업 달성과 임무 최초 완료에 따른 보상이 주어졌다.

'아니면, 셀리나가 내 소환수라서 그런가?'

어떤 원리로 추가 보상 대상이 결정되었는지는 알 수 없었지만, 추가적인 포인트는 칼스타인에게도 유용하게 사용될 수 있었다.

특히, 위대한 업적이라 할 수 있는 위업 달성에 따른 보상은 엄청나다고 할 수 있었다.

포인트를 얻는 과정을 생각해 본다면 100,000 포인트는 엄청난 수치의 포인트였다.

'포인트로 시험해 볼게 많았는데 잘 되었군.'

포인트가 생긴 김에 포인트 상점의 한도가 어디까지 풀렸는지 확인하려 하였는데, 주변에서 다가온 사람들 때문에 상점의 확인은 잠시 뒤로 미루어야 했다.

한창 전투 중이라서 그런지 성채 안에는 그리 많은 사람들은 없었다. 백 명도 채 되지 않는 인원들이 성채의 마당에 있었는데 아마 전투를 하면서 마나가 다 소진되어 잠시의 휴식을 취하는 사람들인 것처럼 보였다.

그 중에서 대여섯 명의 사람들이 칼스타인 일행에게 다가왔다. 모두가 검은 머리의 동양인이었는데 그 중 가장 앞서 있던 덩치 큰 남자가 칼스타인에게 말을 건넸다.

하지만 칼스타인은 그의 말을 알아들 수가 없었다. 그가 한 말은 한국어나 영어가 아닌 중국어였기 때문이었다.

'아, 그렇군.'

상대의 중국어에 뭔가 생각났다는 듯 잠시 손을 들어 그들에게 기다리라는 제스쳐를 취한 칼스타인은 대전 포인트 상점을 열어 [요한나의 언령(言靈)]이라 쓰여 있는 물약을 선택하였다.

[요한나의 언령]은 1,000 포인트짜리 물약으로 이 물약을 마신 사람은 뜻을 가진 음성을 이해할 수 있게 하였고, 자신의 말을 상대가 이해할 수 있도록 해주는 힘을 가질 수 있었다. 즉, 이 물약만 마신다면 의사소통에 어려움을 겪을 일은 없다는 뜻이었다.

다만, 실제 말을 해야 한다는 점에서 처음 만났던 드라고니아의 전사가 사용한 머릿속으로 직접 의사를 전달하는 것 보다는 하위의 방법이라 할 수 있었다.

하지만, 어쨌든 의사소통이 되게 한다는 점에서 큰 차이는 없었다.

상점에서 물약을 선택하여 마신 칼스타인은 파티원들에게도 [요한나의 언령]물약을 구매해서 마시도록 지시를 하였다.

어차피 이번 집결지 도착 임무를 수행하면서 모두 1,000 포인트의 대전 포인트가 생겼기 때문에 구매에 어려움은 없었다.

칼스타인 일행 옆으로 다가온 동양인들은 일행의 행동을 이해했는지 물약을 마시는 모션이 끝날 때까지 아무 말 없이 있다가 모두가 물약을 마신 것 같자 다시 말을 건넸다.

"신입인데 센스가 있구만. 어디 출신이오? 말을 알아듣지 못했던 걸로 보아 중국인은 당연히 아닐 테고… 분위기를 봐선 한국인?"

케론과 에이나는 백인이었지만, 한눈에 보아도 파티의 리더는 칼스타인이 분명하였기에 그를 보고 추정한 것이었다.

"한국에서 왔습니다. 말씀대로 여기에 처음 온 것이라 모르는 것이 많네요. 혹시 상황을 좀 알 수 있을까요?"

나름 예의를 갖춘 칼스타인의 말에 선두에 선 40대 중국인은 기꺼운 듯 웃으며 말했다.

　　"허허. 그렇겠지. 미네르바에서 정보 통제를 하고 있으니 친인척 중에서 마스터가 있지 않다면 정보를 얻기가 거의 불가능했을 테지. 뭐가 궁금한가? 이제 들어왔으니 내가 아는 한에서는 답변을 해 주겠네. 아. 일단 내 소개부터 하지. 난 왕정이라고 한다네. 여기는 내 파티원들이고."

　　왕정의 인사에 칼스타인 역시 자신의 이름을 밝히며 소개를 하였다. 그리고 이어서 바로 궁금한 점에 관한 질문을 던졌다.

　　"저는 이수혁이라고 합니다. 먼저 정보를 공유해 주셔서 감사합니다. 일단 가장 먼저 이 지구방어 대전의 최종 목표부터 알고 싶군요. 아. 이름만 보아도 지구를 방어한다는 것은 알겠습니다만, 어떻게 해야 방어에 성공하는 것인지를 알고 싶다는 것입니다."

　　가장 핵심적인 질문이었다. 칼스타인의 말처럼 지구방어 대전이라는 이름에서부터 최종 목적은 알 수 있으나 구체적인 승리와 패배의 요건을 아는 것은 무엇보다도 중요하였다.

　　"중요한 질문이군. 나도 이제 2회차에 불과하여 세부적

82 이제황제
헌터정복기 5

인 내용까지는 모르지만 일단 아는 것은 대답해주겠네. 최종적으로는 이 전장에 들어온 드라고니아의 주둔지를 전부 파괴하면 대전은 승리로 돌아간다고 알고 있네."

"그렇다면 어떤 상황이 되면 패배한다고 판단하는 것인지요?"

"패배는 반대로 우리 측의 집결지 모두가 드라고니아에게 점령이 되면 우리의 패배라네. 세 번 이상 참여한 선배들의 말에 따르면 다른 조건도 있다는 것 같지만, 일단 내가 아는 것은 이것이라네."

모든 집결지가 점령이 되면 패배한다는 왕정의 말에 고개를 끄덕인 칼스타인이 덧붙여 말했다.

"그 말씀은 집결지가 이 아르카디움 하나가 아니라는 말씀이시군요. 집결지가 몇 개나 되는 것입니까?"

"여러 개가 있다는 것은 알고 있지만 나도 몇 개인지는 모르겠네. 저번에 봉인지에서 넘어온 특무 대원에게 들어보니 봉인지에서는 그 숫자를 파악하고 있던데 그 개수에 대해서는 밝히지 않더군. 구체적인 이유까지는 말하지는 않지만 아마 집결지의 개수가 회차별로 다른 것 같더군."

또 새로운 단어가 나왔다. 조금 전 주둔지야 처음 듣는 단어지만 대화의 맥락에서 이해할 수 있었지만, 지금 봉인지는 짚고 넘어갈 필요가 있었다.

"봉인지는 뭘 뜻하는 말입니까? 말씀하시는 것으로 보아 전체를 총괄하는 곳인 것 같습니다만…."

"아까도 이야기 했듯이 나도 2회차에 불과하니 아는 것이 적다네. 특무대라고 밝힌 자들이 자신들이 온 곳을 봉인지라고 하더군. 자네 말대로 아마 우리 측의 지휘부 같은 곳인 것 같더군."

"그럼 특무대는 또 뭡니까?"

"그 역시 그들이 스스로를 특무대라고 지칭하기에 그렇게 말하는 것이네. 아마 특수임무대의 줄임말이라고 생각하고 있네. 그리고 봉인지에서는 또 다른 상점을 사용할 수 있는지 각 집결지들을 이동할 수 있는 아이템을 갖고 있는 것 같더군."

그 스스로가 2회차라고 밝힌 것처럼 왕정 역시 그리 많은 정보를 알고 있지는 못하였다.

다만, 이 정도만 해도 충분한 도움이 되었다. 그리고 질문은 여기서 끝나지 않았다.

지구방어 대전 자체에 관한 개략적인 정보와 아르카디움의 상황에 대해서 한동안의 질문을 통해서 정보를 획득한 칼스타인은 마지막으로 한 가지 질문을 더 던졌다.

"그런데 왕정님과 동료분들은 왜 여기에 있으신 건지요? 지금 밖을 보니 한참 전투가 이어지고 있던데 말입니다."

"하하. 자네도 봐서 알겠지만, 저 드라고니아 종족들은 밤낮이 없이 덤벼든다네. 우리 역시 최소가 마스터이니 며칠 잠을 안 잔다고 어떻게 되지는 않겠지만, 몇 달간 이어지는 대전에서 최소한의 컨디션 유지와 마나 보충을 위해서라도 교대 근무를 하고 있다네. 자네 역시 집결지의 코어에 자네의 마나를 등록하면 앞으로 방어 임무를 부여받게 될 걸세."

"말씀 감사드립니다."

왕정에게서 상당한 정보를 얻을 수 있었던 칼스타인은 그에게 인사를 하고 돌아서려고 하였는데 문득 생각났다는 듯 왕정이 칼스타인에게 말을 건넸다.

아무렇지 않게 말을 하였지만 그의 말투는 나직했다.

"아. 한 가지 빠트린 것이 있군."

"어떤…?"

"눈동자에 푸른 점이 있는 자들을 조심하길."

"네? 무슨 말인지…?"

이 부분에 대해서는 구체적인 언급이 없었다. 단지 조심하라는 말 뿐이었다. 의구심이 든 칼스타인이 반문을 하였지만, 왕정은 등 뒤로 손을 흔들면서 걸어갈 뿐이었다.

'눈동자에 푸른 점? 무슨 말이지? 비유적인 말인가?'

그에 대해서 완전히 파악한 것은 아니지만 천목심안으로 보이는 그의 상태는 칼스타인에게 호의적이었다.

무슨 의도로 조금 전 이야기를 꺼냈는지까지는 알 수 없으나 일단 칼스타인에게 해를 끼치려는 의도는 없어 보였다.

어쨌든 일단 왕정과의 대화를 마무리한 칼스타인은 일행을 향해 돌아서서 입을 열었다.

"일단 그의 말처럼 코어에 등록부터 하자."

일행들 역시 둘의 대화를 다 듣고 있었기에 다른 설명은 필요가 없었다.

코어가 있는 곳은 찾기가 쉬웠다. 성체 가운데의 망루에서 찬연한 빛을 뿜어내는 2미터에 가까운 수정구체가 있었기 때문이었다.

저것을 제외하고는 이곳에서 코어라고 불릴 만한 곳은 보이지 않았다.

망루로 뛰어 올라가자 그 곳에는 수십명의 사람들이 휴식을 취하는지 수정체 인근에서 두런두런 이야기를 나누고 있었다.

정확히는 이야기를 나누고 있다가 칼스타인 일행이 올라오면서 모두 그리로 시선이 집중 된 상태였다.

"이번에 왔다는 신입인가보군."

"근데 이렇게 빨리 도착한 거야?"

"대단한데? 일주일만에 온 우리도 빨리 온 편이었는데 이틀이라니…."

"뭔가 특수한 아티팩트가 있었겠지."

반응은 아래와 크게 다르지 않았다. 일단 빨리 온 것은 대단하다고 보지만 그것만으로 크게 의미를 두지는 않아 보였다.

그런 시선들을 뒤로하고 칼스타인 일행은 코어에 손을 올리고 마나를 주입하였다.

[집결지에 등록하는 경우 집결지의 코어에서 신체 및 마나 능력 상승과 회복에 도움을 주는 추가적인 힘을 지원받게 됩니다. 대신 집결지를 방어하지 못하는 경우 신체 및 마나 능력에 피해를 입을 수 있으니 주의하시기 바랍니다. 집결지 아르카디움에 등록하시겠습니까?(Y/N)]

시스템의 메시지를 보아하니 지금 주변에 있는 인원들은 코어에서 발현되는 힘을 통해서 회복에 집중하고 있는 듯해 보였다.

오늘이 이틀째이니 아마 첫 번째 방어조였을 가능성이 높았다.

'그런데 메시지에 따르면 등록은 필수가 아니라 선택이군. 하지만 왕정의 말에 따르면 등록을 해야 집결지에서 주는 임무를 수행할 수 있으니…. 필요한 포인트를 얻기 위해서라도 등록을 하긴 해야겠군.'

짧은 생각 끝에 집결지 등록을 결정한 칼스타인은 지체없이 자신의 마나를 코어에 주입하며 등록을 마쳤고, 나머지 파티원들도 칼스타인의 행동에 따라 집결지에 등록하였다.

등록과 동시에 지금까지 이질적으로 작용하던 집결지의 기운이 칼스타인 일행에게 호의적으로 바뀌었다.

"와. 지금이라면 회복과 방어 이능을 난사해도 버틸 수 있을 것 같아."

"그러게 말입니다. 이 상태라면 검기를 평소의 두 배 이상은 사용할 수 있을 것 같군요."

칼스타인 역시 지금의 상태라면 셀리나가 전력을 다해서 본신의 기술을 사용한다 해도 전혀 부담이 가지 않을 것 같다는 생각을 하였다.

그렇게 모든 파티원의 등록이 끝나자 기다렸다는 듯이 모두에게 시스템의 메시지가 떠올랐다.

[지구방어 대전 집결지 임무]

임무명 : 집결지 1차 방어

임무내용 : 집결지 아르카디움의 1차 방어에 성공하라.

임무등급 : B-하급

임무대상 : 이수혁 파티

임무보상 : 기여도에 따라 대전 포인트 0~5,000, 나카이의 하급 회복물약 0~5개

시스템의 메시지와 함께 집결지의 성벽을 가리키는 기운이 느껴졌다. 시스템에서 방어하길 원하는 곳이 바로 성벽이었던 것이었다.

"자, 가자!"

성벽의 방어는 그리 오래지 않아 끝났다. 어제부터 시작되었던 방어전이라서 거의 막바지에 달했던 것이었다.

서너시간 정도를 정신없이 싸우다보니 어느새 성벽에 달라붙었던 드라고니아의 병력들이 서서히 물러섰기 때문이었다.

한참을 뒤로 물러서던 드라고니아의 병력들은 성벽에서 수킬로미터 정도 멀어지더니 강렬한 빛과 함께 모두 같이 사라져 버렸다.

그리고 이내 시스템의 메시지가 떠올랐다.

[1차 방어전이 끝났습니다. 방어전 기여도에 따라 1,789 포인트 및 나카이의 하급 회복물약 1개를 지급합니다.]

하지만 지금 칼스타인이 궁금한 것은 이것이 아니었
다.

"음? 저 녀석들 어디로 가는 겁니까?"

갑작스럽게 벌어진 상황에 칼스타인은 지금껏 옆에서
함께 싸우던 중년인에게 질문을 던졌다.

선한 눈매를 갖고 있는 40대 후반 정도의 중년인은 칼
스타인의 활약을 인상 깊게 보았는지 흐뭇한 미소를 지
으며 그의 질문에 대답해 주었다.

"아. 자네는 처음이라고 했지? 여기서 가까운 저 놈들
의 주둔지로 가겠지. 아직 대전의 초반이라 주둔지의 위
치를 모르니, 현재는 어디로 갔는지 알 수는 없지."

"그렇군요."

"그런데 자네 실력이 보통이 아니군. 하기야 그러니까
이틀도 다 지나지 않아서 이곳까지 왔겠지. 한국인인
가?"

"그렇습니다. 한국인이신가 보군요."

요한나의 언령 물약을 마신 자들은 기본적으로 의사소
통에 무리가 없기 때문에 의식을 하고 상대의 말을 들어
야 상대의 언어를 확인할 수 있었다.

지금 칼스타인이 확인한 중년인의 언어는 분명 한국어
였다.

"그렇다네."

"어느 길드 소속이신가요?"

보통 마스터급의 헌터들은 상당히 알려져 있었다. 각 길드의 수장 급의 위치에 있으니 그럴 수밖에 없었다.

하지만 지금 중년인의 얼굴은 칼스타인이 처음 보는 얼굴이었기에 소속 길드를 물었던 것이었다.

"길드? 그렇군. 계속 자네가 처음이라는 것을 깜빡깜빡하는 군. 나는 길드에 속해 있지는 않다네."

중년인의 말에 잠시 고개를 갸웃거리던 칼스타인이 재차 그에게 질문을 던졌다.

"그럼 따로 파티나 소규모 클랜을 만드신 건가요?"

"허허. 그런 사람들도 있지만 난 아닐세. 그냥 흔한 무인일 뿐이지."

마스터 등급의 능력자는 흔한 무인이라 하기에는 너무 강한 능력자였다. 칼스타인의 의아한 표정을 읽었는지 중년인은 말을 덧붙였다.

"나 역시 마스터가 된 지 얼마 되지 않았을 때에는 천지를 모르고 다녔었지. 하지만 처음 지구방어 대전에 들어온 뒤로 나 정도의 실력은 아무것도 아니라는 것을 알 수 있었지. 그래서…."

이어지는 중년인의 말은 처음 지구방어 대전에서 능력

부족을 절감한 중년인은 협회의 지원을 통해서 폐관 수련을 했다고 한다.

그리고 현재 활동하는 마스터의 숫자가 어느 정도인지는 모르겠지만 아마 그와 비견 될 정도로 많은 숫자의 마스터들이 그런 식으로 혼자 수련을 하고 있었다는 말도 덧붙였다.

"그래도 힘을 가졌다면 힘을 사용하고 싶을 것인데 그런 식의 구도자의 삶을 사신다는 것은…."

지금까지 알려진 상식으로는 마스터가 되면 엄청난 수익을 올릴 수 있고 마치 황제와 같은 삶을 살 수 있다고 알려져 있는데, 수련만 하는 마스터급 무인이 많다는 사실에 의외라는 생각을 하며 칼스타인이 반문하였다.

"하하하. 그렇지. 그래서 상당수의 인물들은 대형길드를 세워서 세속적인 부나 이익을 추구하는 자들도 많다는 군. 하지만 그런 것에는 한계가 있지 않겠나? 나도 소싯적에는 꽤나 방탕하게도 놀아봤지만 그 뿐이었다네. 별 것이 없더군."

중년인은 칼스타인의 말을 이해한다는 듯 웃으며 대답해 주었다. 그리고 그의 말은 여기서 끝나지 않았다.

"그리고 그렇게 노는 것에도 한계가 있다네. 평범한 사람들이야 마스터가 되면 뭐든 할 수 있을 것 같지만, 만일 심각한 문제를 일으키는 마스터는 능력자 협회의 가디언즈에 의해서 제거되어 버린다네."

"가디언즈?"

"아는 사람들만 아는 능력자 협회의 히든카드지. 고위 마스터급 이상으로 이루어진 특수 조직이라네. 뭐 그들을 피해서 블러디문이나 다크소울 같은 곳으로 가는 마스터들도 있다는 것 같지만, 거기라고 해서 제약이 없을까?"

"하긴 그렇겠지요."

전투가 종료되었기에 주변에서는 천천히 성채 안으로 자리를 옮기고 있었고 칼스타인과 중년인 또한 성채로 걸음을 옮기면서 계속 대화를 주고받았다.

칼스타인 파티원들은 진지한 대화가 오고감에 따라서 약간 떨어져서 칼스타인 뒤를 따르고 있었다.

"그리고 이렇게 수련을 해야 하는 결정적인 이유가 있다네."

"결정적인 이유가 무엇인가요?"

"당연히 이 지구방어 대전 때문이지. 자네도 알다시피 여기서 패배하면 지구의 일부분에서 몬스터 웨이브가 발생하지 않는가. 언제 그 몬스터 웨이브에 자신의 나라가 들어갈 지 알 수 없으니 수련을 해야지. 특히 7차 대전의 패배는 많은 마스터들에게 큰 충격이었다네."

지난 7차 대전에서 패배하였을 때 생긴 레드존은 아프리카 지역이었다. 그리고 그 지역에 생긴 몬스터 웨이브는 전례가 없는 엄청난 규모였다.

지금까지 발생했던 몬스터 웨이브를 능가하는 규모로 아프리카 대륙의 8할 이상이 레드존으로 변해 버렸던 것이었다.

그 결과 당시 10억 명이 넘었던 아프리카의 인구는 몬스터 웨이브 발생 후 1억 명도 채 남지 않았다.

칼스타인이 중년인의 말을 이해한 듯 보이자 중년인 역시 고개를 끄덕이며 말을 이어갔다.

"아프리카의 예를 보았으니, 아마 이번 대전에서 북미 쪽 마스터들은 웬만하면 대전을 포기하지 않을 걸세. 그들의 가족을 포함한 지인들이 여전히 그 곳에 있을 테니 말이야. 같은 맥락에서 우리들 역시 수련을 게을리 할 수 없지. 언제 우리가 사는 지역에 몬스터 웨이브가 발생할지 모르니 말일세."

"그렇군요…."

충분히 이해가 가는 말이었다. 인간세상에서 마스터라면 으스대기에 충분한 무력이지만 지구방어 대전에 한 번이라도 참여해 본 마스터는 그것이 충분하지 않음을 잘 알고 있었다.

자신과 자신의 가족과 자신의 나라를 지키기 위해서 당연히 수련에 수련을 거듭할 수밖에 없었다.

"그렇지. 그리고 그런 마스터들은 수련에 집중할 수 있도록 협회에서 지원해주고 있으니 굳이 돈 때문에 쓸데없는 드잡이질을 할 필요가 없지."

"협회에서 그런 지원도 해주는 가요?"

"나만 해도 월 1억원의 현금과 그린존에 집을 제공해주더군. 뭐 내가 직접 사냥을 다닌다면 월 1억원은 푼돈에 가깝겠지만. 그 이상 벌어봤자 뭐하겠나? 자칫하면 나라가 지구가 망할지도 모르는데 쓸 수 없는 돈은 단지 숫자에 불과할 뿐이지."

여기까지 듣자 칼스타인은 마스터들이 수련만 하는 삶을 사는 이유를 충분히 이해할 수 있었다.

중년인의 말처럼 잘못하면 지구가 멸망할 지도 모르는데 세속적인 부를 추구하는 의미가 없었다.

물론 사람마다 성향이 다르니 길드를 만들고 부를 추구하는 마스터도 있겠지만 그 반대쪽에 서서 수련을 하는 마스터들도 충분히 많았다. 아니 더 많았다.

'그런 이유였군….'

자신의 말에 칼스타인이 뭔가 생각에 잠긴 것 같자 중년인은 가볍게 말을 던졌다.

"그런데 우리 아직 통성명도 안했군. 난 박혁이라고 하네."

"아. 이수혁이라고 합니다."

"이수혁? 아, 얼마 전에 마스터 등록을 했었지?"

"알고 계시는 군요?"

실제로 칼스타인은 길드 창설을 하면서 S급을 부여받았다. 보통 길드의 등급은 길드장의 등급과 동일시 되기에 길드 창설과 동시에 등급을 갱신했던 것이었다.

다만, 길드를 만들어 놓고 딱히 활동을 하지 않아서 그런 사실이 알려지지 않았을 것이라 생각했는데, 박혁이 자신을 알고 있는 것에 칼스타인은 약간 놀랐다.

그의 말에 따르면 박혁은 별도의 활동을 하지 않고 수련만 하는 구도자의 삶을 살고 있었기 때문이었다.

"하하하. 난 길드나 파티를 만들지 않는 주의라 홀브레이크 시즌이 되면 대전 일단 지역 내 마스터들은 한 번 훑어본다네. 동료가 될지도 모르는데 그 정도는 확인해 봐야지. 뭐, 대부분의 마스터들은 그렇지 않지만 말이야."

박혁의 말대로 2회차 이상의 마스터들은 대부분 파티나 길드를 만들어 다니거나 아예 솔로플레이를 지향하기 때문에 굳이 다른 마스터에 대해서 알아보지 않는다.

다른 마스터를 확인하는 것은 아마 그 개인적인 성향에 가까워보였다.

두런두런 나누는 대화는 성채 안으로 들어와서야 끝이 났다. 성채에 들어온 박혁은 칼스타인의 어깨를 두드린 다음 말했다.

"그럼 다음 방어전 때도 잘 부탁하네. 파티는 아니지만 저쪽에서 안면을 튼 일행들이 있어서 말이야. 자네는 어차피 파티를 이루어서 들어온 것 같으니 파티까지 있을 테지?"

"그렇습니다."

"또 보세나. 아. 궁금한 점이 생기면 언제든 물어보게나. 내 아는 한에서는 대답해주지."

"아, 한 가지만 더 여쭤보겠습니다."

"뭔가?"

"봉인지라는 곳은 어떻게 가는 것인가요?"

"음… 나 역시 3회차이지만 집결지만 다녔었지 아직 봉인지는 가보지 못했다네. 소문에 의하면 특정 길드에 가입해야 한다는 말도 있던데 확인된 것은 아니라네. 답을 주지 못해서 미안하네."

"아닙니다. 지금까지 알려주신 것만으로도 많은 도움이 되었습니다."

"뭐, 그렇다면 다행이지. 그럼 나중에 보세."

그렇게 말을 마친 박혁은 휘적휘적 걸으며 성채 입구 근처에서 모닥불을 피워놓고 있는 일행들 쪽으로 자리를 옮겼다.

박혁과 헤어진 칼스타인은 주변을 둘러보았는데 다들 전투의 피로를 푸는지 각자 다양한 방식으로 자리를 잡고 있었다.

박혁 일행처럼 모닥불에 간단한 텐트를 설치한 무리부터 시작해서 제법 그럴싸한 컨테이너 형의 간이 숙소까지 다양한 형태로 휴식공간을 만들어 놓은 상태였다.

일부는 포인트로 구매한 것으로 보였지만, 일부는 자신들이 가져온 것으로 보였다.

칼스타인 일행 역시 케론이 가져온 텐트를 비롯한 장비들이 있었기에 적당한 곳에 자리를 잡은 케론이 두 개의 텐트를 펼친 후 모닥불을 피웠다.

성채로 온 뒤 많은 정보를 얻었기에 자리를 잡은 칼스타인은 일행들과 그에 대한 이야기를 나누려고 하였는데, 갑작스럽게 다가온 세 명의 인물 때문에 그 뜻을 이루지 못하였다.

"이야기 좀 할 수 있겠나? 아. 난 팽도강이라고 하네."

세 명 중 말을 건 팽도강은 40대 정도로 보이는 대머리 장년인이었다. 근육질의 몸에 부리부리한 눈이 인상적인 그는 자신감이 넘치는 얼굴을 하고 있었다.

같이 온 두 명의 장년인은 뒤에서 시립하고 있는 것으로 보아 그의 수하 정도로 보였다.

"이수혁입니다. 무슨 이야기입니까?"

칼스타인의 반문에 팽도강은 일행 옆에 털썩 주저앉은 다음 말을 이어갔다.

"아까 전투는 인상 깊었다네. 실력이 상당해 보였어. 파티의 구성 또한 딜러, 탱커, 마법사에 힐러까지 잘 짜여 있고 말이야. 마스터 급으로 이렇게 구하기도 힘들었을 텐데, 처음 들어오면서 준비가 잘 되어 있군."

"본론으로 바로 들어가지요. 무슨 일인가요?"

"그러지. 단도직입적으로 이야기 하겠네. 내가 길드를 창설하려고 하는데 혹시 함께 하겠나? 자네 정도의 실력자면 부길드장의 자리를 주지."

"글쎄요. 제안은 감사하지만 딱히 길드에 가입해야 할 이유가 없을 것 같은데요."

팽도강이 무슨 의도로 길드 가입을 권하는지는 알 수 없었으나 현재 칼스타인은 딱히 길드에 들어갈 이유가 없었다.

하지만 팽도강은 칼스타인이 그런 반응을 할 건지 예상을 했다는 듯 고개를 끄덕이며 말했다.

"하하. 지금은 그렇게 생각하겠지. 하지만 길드 상점에서 파는 기술과 물품들을 본다면 생각이 달라질 걸세. 아. 자네도 지금 파티장이니 파티 상점에서 파는 물품과 기술들이 얼마나 유용하게 쓰일지 알고 있지 않는가?"

팽도강의 말처럼 파티 상점에는 버프형의 기술부터 각종 소모품들까지 능력향상과 생존에 필요한 많은 것들을 팔고 있었다.

길드는 만들지 않아서 길드상점에서는 무얼 파는 지 알 수는 없었으나 분명 유용한 것을 판매할 것이 분명하였다.

하지만, 현재 칼스타인은 그런 물품이나 기술 따위가 아쉬운 상황은 아니었다. 그에게 아쉬운 것은 마나뿐이었다.

"알고는 있지만, 지금 당장 필요한 것은 아닐 것 같군요. 일단 제안만 감사하게 받겠습니다."

칼스타인의 완고한 태도에 팽도강은 어쩔 수 없다는 표정을 지으며 자리에서 일어서서 말했다.

"뭐 그렇다면 어쩔 수 없지. 아마 한 달 정도만 지나면 믿을 만한 동료가 더 있는 것이 얼마나 중요한 것인지 자네 역시 알게 될 걸세. 일단 내 제안은 유효하니 나중에라도 생각이 바뀌면 연락 주게나."

팽도강이 자리를 비운 후 칼스타인은 일행들과 함께 지금까지 얻은 정보에 대해서 의논을 하였다.

성소현이야 칼스타인을 돕는다는 명제 외에는 다른 것에 관심이 없었으나, 케론이나 에이나는 각자의 생각들을 이야기하며 이 상황에 대해서 여러 가지 가설을 제시하였다.

"그러니까 에이나의 말은 봉인지로 갈 필요가 있다는 거지?"

"그렇습니다. 현재까지의 정보를 종합해 본 결과 이 지구방어 대전의 본질적인 정보는 모두 봉인지에 있을 것을 생각됩니다. 봉인지에 가지 못한다면 최소한 그 특무대라는 곳이라도 접촉을 하여서 추가적인 정보를 획득할 필요가 있을 것 같습니다."

이번에는 에이나의 말에 고개를 주억거리던 케론이 말을 받았다.

"저도 봉인지라는 곳에 가야할 필요성은 동의 하지만, 대장님께서 최소 그랜드마스터는 되신 다음에 가야한다고 생각합니다. 들어보니 봉인지라는 곳이 중심인 것 같은데 지금 상황에서 간다면 제대로 된 힘을 발휘하기 힘드시지 않겠습니까?"

결론은 똑같았다. 결국 본신 실력의 회복이었다.

"그래. 그렇겠지."

마스터에 오른 뒤 무위에 큰 답답함을 느끼지 않았었는데 아까 방어전을 치르면서 다시금 현재 경지에 대한 답답함이 든 칼스타인이었다.

'결국 마나인데… 상급 마나 비약을 먹어 볼까? 아니면 새롭게 상점에 나온 열린 나스론의 마나증가제를 먹을까?'

위업 달성에 따라 10만 포인트를 받으면서 현재 칼스타인의 상점에 보여지는 [케이토의 마나비약]은 상급 비약까지 열린 상태였다.

최하급 비약이 100포인트, 하급 1천 포인트, 중급 1만 포인트, 상급 10만 포인트였다. 아마 최상급인 경우에는 100만 포인트일 가능성이 높았다.

문제는 마나를 올려주는 물품이 하나 더 나왔다는 점이었다. [나스론의 마나증가제]라는 이름이 붙은 물약이었는데 이것은 하급이 10만 포인트였다.

'어느 쪽의 효율이 높은지 알 수가 없으니… 그리고 이거 한 번에 그랜드마스터까지 오른다는 보장도 없고. 차라리 포인트를 더 모아서 더 높은 등급의 물약을 노리는 것이 나을까?'

가장 좋은 방법은 같은 포인트의 가치를 갖고 있는 케이토의 상급 마나비약과 나스론의 하급 마나증가제를 둘 다 복용해보는 것인데 현재 가진 포인트로는 둘 중 하나밖에 구매할 수가 없었다.

'일단은 2십만 포인트까지는 모아두었다 시험해봐야겠군.'

어차피 지금 추측하기에는 상급 마나비약 하나를 마신다고 바로 그랜드마스터 단계의 마나를 갖출 수도 없는 노릇이니 칼스타인은 일단은 급하게 생각하지 않기로 하였다.

그렇게 결정을 내리고 휴식을 취하고 있었는데 모두에게 시스템의 메시지가 떠올랐다.

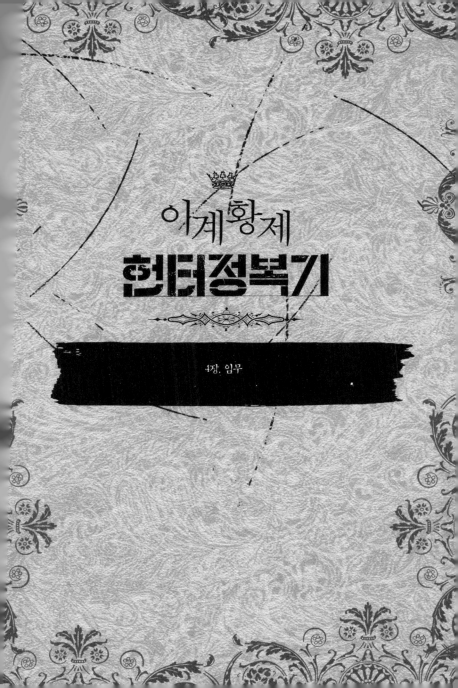

이계황제
헌터정복기

4장. 임무

[지구방어 대전 집결지 임무]

임무명 : 집결지 2차 방어

임무내용 : 집결지 아르카디움의 2차 방어에 성공하라.

임무등급 : B-중급

임무대상 : 이수혁 파티

임무보상 : 기여도에 따라 대전 포인트 0~7,000, 나카이의 중급 회복물약 0~3개

두 번째 방어전이었다. 1차 방어전이 끝난지 아직 채 다섯 시간도 지나지 않았는데 벌써 2차 방어전이 시작되는 것이었다.

1차 방어전이 이틀간 진행된 것을 생각해보면 전투 시간이 휴식시간보다 긴 것이었다.

칼스타인은 원래 이런 것인지 아니면 이번이 특이한 것인지 확인하기 위해서 주변의 대화에 귀를 기울여 보았다.

"류 형. 이번엔 좀 빠른 거 아닌가? 전엔 그래도 하루는 쉬게 해줬잖아."

"허허. 이곳에서 상식을 기대하는 건가? 초반 치곤 좀 빠르긴 하지만 후반 되면 연달아 방어전을 하는 경우도 있었지 않나? 뭐 이상할 거도 없지."

"흠. 그렇긴 하지만…."

이야기를 들어보니 특이하긴 하지만 없는 일은 아닌 것 같았다. 하지만 이들도 아는 정보는 그리 많지 않았다.

'에이나의 말처럼 봉인지로 가야 제대로 된 정보를 들을 수 있겠군.'

하지만 지금 당장 봉인지로 갈 수는 없었다. 일단은 이곳에서 임무를 수행하며 힘을 길러야 하였다.

"우리도 가자!"

자신의 말에 일어난 이 일행들을 이끌고 칼스타인은 2차 방어전에 나섰다.

"이번 방어전은 생각보다 일찍 끝났군."

"그러게 말입니다. 7차 방어전 때는 갑작스럽게 리도크 족이 끼어드는 바람에 거의 일주일을 전장에서 살았으니… 뭐 이틀이면 거저네요 거저. 하하하."

방어전을 마치고 다시 집결지로 돌아가는 칼스타인 일행의 걸음은 가벼웠다.

두 달에 가까운 시간동안 벌써 10차례의 방어전을 마친 칼스타인 일행은 처음 지구방어 대전에 참여함에도 불구하고 마치 여러 회차에 참여한 것과 같은 베테랑의 모습을 보여주고 있었다.

실제로 방어전을 마치고 성채로 돌아가는 다른 마스터들도 칼스타인 일행을 향해서 엄지를 치켜 올리며 칭찬의 말을 하였다.

"수혁군, 이번에도 신세졌어. 다음번엔 나도 신세 좀 갚게 해줘."

"하하하. 사 헌터님. 제가 아저씨한테 신세 질 상황이 생기면 안 되죠. 다음에도 제가 구해 드릴 테니 걱정 마세요."

"허허. 하긴 수혁군이 힘든 상황이 되면 집결지 방어가 힘든 상황이라는 말이나 똑같으니… 여튼 내 도움이 필요하면 얼마든지 이야기 해주게나."

"알겠습니다. 얼른 들어가서 쉬세요."

열 번의 방어전이 진행되는 동안 칼스타인 일행은 누구보다도 많은 활약을 하였다.

최소한의 휴식 외에는 항상 방어전에 참여하였으며 위기에 빠진 다른 헌터들을 구하는 것에도 적극적이었다.

그래서 지금 칼스타인 파티는 이 집결지 아르카디움에서 꽤나 유명한 파티였다.

거의 절반에 가까운 헌터들이 칼스타인 파티의 신세를 졌기 때문이었다.

특히, 이 집결지에서 세 명 뿐인 힐러 중 하나가 성소현이라는 것도 칼스타인 파티의 유명세를 올리는 것에 한 몫을 하였다.

전투 후에야 포인트를 사용해서 신체 회복물약이나 상태 회복물약을 구매해서 자가치료를 할 수 있었으나 전투 중에는 힐러의 치료가 무척이나 중요하였다.

당연히 성소현의 활약이 두드러질 수밖에 없었다.

방어전을 마치고 성채로 들어온 칼스타인 일행은 늘 전투 후에 사용하던 50제곱미터 정도 크기의 간이 숙소로 들어갔다.

처음에는 케론이 가져온 텐트를 사용하다가 이곳에 오랫동안 머물러야겠다고 판단한 칼스타인이 1000 포인트를 사용해서 구매한 것이었다.

"케론, 포인트는 얼마나 모았어?"

"이번 방어전을 마치면서 10만 포인트를 채웠습니다. 정확하게 10만 5,825포인트입니다."

"10만이면 [드라키의 대검]을 구매할 수 있겠군."

그 말에 케론은 씩 웃으며 칼스타인에게 말했다.

"그렇습니다. 그간 이빨 빠진 이 검을 쓴다고 꽤나 고생했네요. 정도 들었지만 앞으로 전투를 위해서라도 바꿔야겠습니다."

지금 케론이 사용하는 대검은 대전을 시작하기 전에 밖에서 가져온 희귀 등급의 아티팩트였다.

오랜 전투를 벌이는 동안 이 대검은 흠집도 많이 나고 날도 많이 상한 상태였다. 케론이 전투 후에 매번 정비를 하는데도 생사를 다투는 치열한 전투가 거의 매일 같이 발생하다보니 검이 많이 상한 것이었다.

사실 검이 상한 후 3만 포인트를 사용해서 비슷한 등급의 검을 구매하려고 하였는데, 칼스타인이 10만 포인트가 쌓이면 영웅등급의 대검이 구매 가능한 것을 알려주어 케론은 지금까지 포인트를 모았던 것이었다.

즉, 칼스타인이 말한 [드라키의 대검]은 영웅등급의 귀속형 아티팩트였다. 포인트 상점에서 파는 장비는 특수한 경우를 제외하고는 모두 귀속형이었는데, 아마 양도를 하지 못하도록 하는 방법의 일환인 것 같아보였다.

"그래, 그럼 얼른 구매해서 손에 익히도록 해. 언제 또 방어전이 시작될지 모르니 말이야."

"알겠습니다."

"에이나는 얼마나 모았어?"

"저도 이번에 10만을 넘겼습니다. [니퍼트의 스태프]를 살 수 있겠네요."

[니퍼트의 스태프] 역시 영웅 등급의 아티팩트였다. 케론과 마찬가지로 희귀 등급의 아티팩트를 사용하던 에이나가 드디어 영웅 등급의 아티팩트를 사용하게 되는 것이었다.

이제 마지막으로 남은 사람은 성소현이었다. 칼스타인이 자연스럽게 그녀를 바라보자 그녀는 곤란한 표정을 지으며 칼스타인에게 말했다.

"미… 미안해… 난 10만 포인트를 못채웠어. 아직 8만 포인트 밖에 안 돼."

성소현은 자신만 10만 포인트를 채우지 못했다는 것이 부끄러웠는지 고개를 떨구었다.

그런 그녀를 보며 칼스타인은 문제없다는 듯 편안한 목소리로 그녀에게 말했다.

"어차피 넌 치료와 버프가 주 능력이니 당연히 직접 싸우는 우리에 비해서 포인트 모으는 속도가 느릴 수밖에 없지. 그런 상황에서 8만 포인트나 모았으면 대단한 거야. 자책하지 마."

칼스타인이 칭찬을 하자 금세 기분이 풀린 성소현은 평소의 헤실거리는 표정으로 칼스타인을 보며 대답했다.

"그래? 그렇게 생각해준다니 다행이다. 히히. 그래도 얼른 포인트 모아서 나도 [슈리의 증폭기]를 사야겠어. 나 혼자 떨어질 수는 없지!"

"그래. 하하하. 오늘도 고생했어. 다음 메시지가 나올 때까지 좀 쉬어."

한 번의 방어전에 성공하고 나면 새로운 임무가 부여될 때까지 짧게는 몇 시간에서 길게는 이삼일 정도까지의 시간이 걸렸다.

조금 전에 방어전을 마쳤기에 일행은 각자의 방으로 흩어져서 휴식을 취하기로 하였다.

하지만 그 휴식은 그리 길게가지 못하였다.

새로운 임무가 떨어졌기 때문이었다.

[지구방어 대전 집결지 임무]

임무명 : 주둔지 파괴

임무내용 : 라파칸 족의 주둔지 라파이움을 찾아 코어를 파괴하라.

임무등급 : A-상급

임무대상 : 이수혁 파티

임무보상 : 코어 파괴 기여도에 따라 대전 포인트 10,000~1,000,000, 최고 기여자는 전설 등급 아티팩트 지급

"주둔지의 대략적인 위치가 파악 되었나 보군."

"그런가 봅니다. 앞서 회차에 참여한 자들의 이야기를 들어보면 10회 차 정도에 이 임무가 나온다고 했지요. 이번에도 다르지 않나 봅니다."

두 번 이상 대전에 참여한 자들에게 그들이 알고 있는 대략적인 정보는 대부분 들은 상태이기 때문에, 지금까지의 방어전과 다른 전혀 새로운 임무에도 칼스타인 일행은 당황하지 않았다.

"그래. 방향이 잡혀 있으나 주둔지를 찾는 거야 쉽겠지. 문제는 코어를 파괴하는 건데…."

"어떻게 하시겠습니까? 앞서 회차 때처럼 특임대를 기다리시겠습니까?"

"특임대라… 정보를 위해서라도 만나긴 만나야 할

자들이지. 하지만 그냥 그자들에게 내어주기엔 포인트가 아깝긴 하군."

방어전에서 주는 포인트의 최대한도는 보통 1만 포인트에서 많아야 5만 포인트였다. 그것도 기여도에 따라서 배분되기 때문에 5만 포인트라 해도 실제 얻을 수 있는 포인트는 1~2만 포인트에 그치는 경우가 많았다.

그런 상황에서 지금 시스템이 제시한 포인트는 최저가 1만 포인트였다. 참여만 하면 제공하는 포인트가 1만 포인트이고 파괴하는데 기여를 한다면 최대 100만 포인트까지 얻을 수 있는 큰 기회였다.

아직 100만 포인트를 모으지 못해 100만 포인트가 모이면 상점에 어느 정도의 물품이 오픈 될 것인지 알 수는 없지만, 전설 등급의 아티팩트까지 구매가 가능할 것이라고 추측이 되었다.

그것은 10만 포인트 때 열린 물품이 바로 영웅 등급의 아티팩트였기 때문이었다. 당연히 새롭게 물품 제한이 풀린다면 그 위의 등급이 될 가능성이 높았다.

"저도 그런 생각이 들었습니다. 그럼 차라리 정예 멤버를 모아서 우리가 먼저 쳐 보는 것은 어떻겠습니까?"

"정예 멤버라면⋯."

"팽도강 길드와 한수호 길드, 응우옌 파티, 잉락 파티 정도 같은 방어전에서 두각을 나타내는 조직들 말입니다."

"흐음… 굳이 길드나 파티만으로 한정 지을 필요는 없겠지. 박혁 헌터나, 싸이나샨 헌터 같은 개인 헌터들도 충분한 전력이 될 테니 말이야."

"그렇습니다. 그들이라면 충분히 한 몫을 할 사람들이지요."

"문제는… 그들이 그런 리스크를 지려고 하겠냐는 것이지."

성채에서 드라고니안과 싸울 때에는 집결지의 코어에서 발현되는 힘의 도움을 받을 수 있었다.

코어의 힘은 지구인들에게는 힘을 더해 주고 드라고니안에게는 힘을 약화시키는 효과를 주었다.

하지만 성채에서 일정 거리만 멀어져도 이 힘은 사라졌다. 즉, 코어의 힘 없이 드라고니안의 정예 전사와 싸워야 한다는 말이었다.

더 큰 문제는 지구인의 집결지가 그렇듯, 드라고니안의 주둔지에서도 비슷한 상황이 벌어질 가능성이 높다는 것이었다.

아마 드라고니안 주둔지의 코어가 집결지의 코어와 비슷하다면 주둔지의 영역에서는 지구인들의 힘이 빠지고,

드라고니안의 힘은 더 강해질 가능성이 높다는 의미였다.

물론 주둔지를 파괴해야 대전에서 승리를 할 수 있으니 어떤 식으로든 주둔지의 코어를 파괴해야 했다.

하지만 이전 회차에 참여했던 헌터들의 이야기를 들어보면 중앙에 있는 봉인지에서 특임대라는 조직을 보내어 장소가 파악된 주둔지들을 하나씩 파괴한다고 하였다.

즉, 굳이 집결지에 있는 자들이 주둔지를 파괴하러 가지 않아도 된다는 이야기였다.

"하긴… 목숨은 하나이니까요. 나서려고 하지 않을 가능성도 많겠군요. 그렇게 된다면 우리도 포기해야 하겠는데요? 저희만으로 할 수 있는 규모의 임무는 아닌 것 같으니 말입니다."

"일단 제안은 해봐야겠군."

"그렇게 하겠습니다."

케론이 집결지를 돌면서 알아본 결과 주둔지 파괴 임무를 부여 받은 헌터들은 전체 헌터의 대략 절반 수준이었다.

주둔지 파괴 임무를 수행하는 동안에 집결지의 방어 역시 수행되어야 하기 때문인 것 같았다.

다만, 파괴 임무의 난이도가 높아서인지 파괴 임무를 부여받은 헌터들은 대전 포인트를 기준으로 하여 상위 50% 정도였다.

"뭐라고 하던가?"

"예상대로 대부분 특임대를 기다린다는 분위기였습니다."

케론은 아까 전 칼스타인과 대화를 나눈 것처럼 상위권 헌터들을 대상으로 파괴 임무 수행을 위한 별동대 구성을 제안하였다.

하지만 그 결과는 예상대로였다. 목숨은 하나뿐이다 보니 위험을 무릅쓰고 나서려는 사람들은 거의 없었다.

"흐음… 한 명도 나서지 않던가?"

"그건 아니었습니다. 우리처럼 처음 대전에 참여한 헌터들 중에서는 한 번 해보고 싶어 하는 헌터도 있었습니다. 야마토 파티나 타나밧 길드는 우리가 한다면 같이 한다더군요. 그들 말고는 적극적인 참여를 표시하는 팀은 없었습니다."

"축복자들은 어때? 그들도 참여 하지 않는다고 하나?"

지금 칼스타인이 말하는 축복자의 정확한 명칭은 [가

이아의 축복]을 구매한 뒤 그것이 발동된 자를 일컫는 말이었는데, 통상 축복자라고 부르고 있었다.

[가이아의 축복]은 전투 중 목숨을 잃을만한 큰 상처를 입게 되면 죽음 대신 또 한번의 기회를 갖게 해주는 주문형 아티팩트였다.

다만, 한 번의 기회라는 것이 바로 치유되어서 다시 활동할 수 있는 것은 아니었고, 가사상태로 세상의 이면으로 들어 간 뒤 다음 번 대전에 건강해진 상태로 활동하는 방식이었다.

여기까지만 들었을 때에는 축복이라는 말이 합당할 정도로 대단한 아티팩트였다.

하지만 문제는 그 축복으로 부활한 사람은 [가이아의 의지]라는 새로운 주문형 아티팩트를 구매할 때까지 대전의 세계를 벗어 날 수 없다는 점이었다.

그래서 [가이아의 축복]이라는 이 아티팩트는 [가이아의 저주]라는 또 다른 별칭으로 불리기도 하였다.

그리고 그렇게 축복으로 부활한 사람은 눈동자에 푸른 점이 나타났다.

바로 집결지에서 처음 만난 왕정이 이야기 했던 눈동자에 푸른 점이 있는 자라는 것은 이 축복자를 이야기 하는 것이었다.

당연히 10차까지 방어전을 진행한 칼스타인은 이미 여러 명의 축복자를 만나보았고, 어떤 의미로 왕정이 그들을 조심하라는 것인지도 잘 알고 있었다.

"목숨 아까운 것은 축복자들이 더 하겠지요."

"그래도 그들은 포인트 하나하나에 목숨을 걸지 않나? 그리고 대전에서 지구가 패배하면 지금껏 모은 포인트를 다 잃게 될 테니 쉽사리 포기하진 않을 텐데?"

"그렇긴 하지만, 어차피 특임대가 오면 해결될 것이라 생각하는 것 같았습니다."

뭔가 마음에 안드는 듯한 표정을 지은 칼스타인은 조용히 말을 이었다.

"흐음… 야마토 파티나 타나밧 길드만으로 숫자가 부족할 텐데… 그들을 다 해봤자 서른 명 정도군."

"그렇습니다. 주둔지에 몇 명의 드라고니안이 있을지는 알 수 없으나 방어전 때 나오는 드라고니안의 규모를 생각한다면, 아무리 별동대를 운영해서 치고 빠진다 해도 최소 200명 이상은 필요하다는 생각이 듭니다."

현재 집결지에 있는 헌터들의 총 수가 대략 6백 명 정도였다. 한 때는 천 명에 육박했었지만 오랜 전투 끝에 많은 사상자가 나며 숫자가 줄어든 것이었다.

"네 말처럼 주둔지에 얼마만큼의 방어병력을 남겨두는지 알 수가 없으니 일단 주둔지에 대한 정찰이 중요하겠어."

"그 말씀은… 임무를 수행하신다는 것입니까?"

"아. 나도 무리할 생각은 없어. 하지만 만일 드라고니 안에서 거의 모든 전력을 동원하여 이곳을 공격하는 것이라면 그냥 포기하긴 아깝다는 것이지."

칼스타인의 말처럼 집결지를 공격하는 동안 주둔지가 무주공산이 되는 경우는 소수의 인원으로도 충분히 주둔지를 공략해볼 만하였다.

"하지만… 저들도 이 방어전이 처음이 아닐 텐데 설마 그 정도의 방어가 없겠습니까?"

"뭐 나도 큰 기대는 하지 않아. 일단 셀리나를 보내서 정찰을 해보고 판단해보자."

"음…. 알겠습니다. 일단 저도 추가적으로 인원을 더 모을 수 있는지 확인해보겠습니다."

"그래, 장비에 익숙해지는 것도 잊지 말고."

"하하. 당연하지요. 무인에게 무구는 또 다른 목숨이나 마찬가지 아니겠습니까? 걱정 마십시오."

그렇게 케론과 대화를 마친 칼스타인은 지체 없이 셀리나를 주둔지가 있을 것으로 추정되는 방향으로 보내었다.

셀리나의 속도라면 그리 오랜 시간이 걸리지 않고 정보를 획득할 수 있을 것이었다.

저 멀리 어두운 하늘로 멀어지는 셀리나를 보며 칼스타인이 잠시 생각에 잠겼다.

'10차 방어전까지 진행되면서 아직 그랜드마스터의 존재는 없었지… 만일 마스터 뿐이라면 내가 그랜드마스터에만 오른다면 혼자서도 코어파괴가 가능할 것 같은데… 지금 포인트가 25만인가….'

현재 칼스타인은 대략 25만 포인트의 대전 포인트를 소유 중이었다. 일행, 아니 집결지 전체를 보아도 그 보다 많은 포인트를 소유한 사람은 거의 없을 것이었다.

그리고 지금 이 포인트는 현재 칼스타인이 가진 포인트이지 그가 획득했던 포인트가 아니었다.

칼스타인은 위업 달성으로 얻은 10만 포인트를 제외하고도 지금까지 35만 포인트를 획득하였었다.

그 중 20만 포인트는 케이토의 마나비약과 나스론의 마나증가제의 효율 비교를 위해서 사용한 상태였다.

당시 마나비약과 마나증가제를 테스트를 해본 결과 칼스타인에게는 마나증가제가 더 효율적이었다.

마나비약이 복용자가 누구든 마나의 총량을 직접적으로 증가시켜 주는 것에 반해, 마나증가제는 마나홀을 자극하여 마나홀의 크기를 키워주는 방식으로 복용자의 능력에 따라서 마나홀의 자극 정도가 달랐다.

그리고 마나 컨트롤이 약한 능력자가 중급 이상의 마나 증가제를 먹는다면 마나를 상실할 수도 있을 정도로 위험성이 있는 물약이었다.

즉, 예를 들어 마나 비약은 아무런 위험 없이 100의 마나를 증가시켜 준다고 한다면, 마나증가제는 사람에 따라 다소 위험 부담을 가지며 50~200의 마나를 증가시켜 주는 방식이라 할 수 있었다.

당연히 신체와 정신에 대한 통제력이 뛰어난 칼스타인은 마나증가제가 효율적인 방식이었다.

'전례를 봤을 때 최소 중급정도의 마나 증가제는 있어야 그랜드마스터가 되는 최소한의 시도라도 할 수 있겠어. 여유 있게 오르려면 상급 증가제 정도는 필요할 텐데… 아이러니 하군. 포인트를 얻기 위해서 다시 포인트가 있어야 한다니….'

현재 칼스타인의 마나등급의 SA 등급으로서 중급 증가제로 얻을 수 있는 마나를 단순 계산 한다면 그 하나로 그랜드마스터가 되기에는 턱없이 부족하였다.

하지만, 칼스타인은 자신의 마나 제어력과 통제력을 잘 알고 있었다. 외부의 요인에 의해서 적당히 단전만 자극된다면 일시적으로 주변의 마나를 통제하여 빠듯하긴 하지만 필요한 마나를 조달할 자신이 있었다.

문제는 포인트였다. 현재까지 가격이 증가하는 추세로 보아 중급의 마나증가제는 100만 포인트가 필요할 가능성이 높았다.

현재 25만 포인트를 소유하고 있으니 아직 75만 포인트라는 막대한 포인트가 필요하다 할 수 있었다.

칼스타인의 생각처럼 임무를 수행하여 포인트를 획득할 능력을 얻기 위해서 다시 포인트가 필요한 아이러니한 상황이 된 것이었다.

'일단 셀리나가 돌아오는 것을 보고 다시 생각해봐야겠군. 그 전까지 최대한 모으는 것에 집중해야겠어.'

목표치까지 남은 포인트가 75만 포인트라는 것을 생각해 본다면 단기간에 모을 수 있는 것이 아님을 잘 알고 있지만 그렇다고 해서 손 놓고 있을 수는 없었다.

답답한 마음에 숙소를 벗어난 칼스타인은 밤하늘을 바라보았다.

성채 주변은 코어에서 발하는 인공적인 빛 때문에 어둡지 않았으나 머리 위의 하늘은 별 하나 없는 칠흑과도 같은 끝을 알 수 없는 어둠으로 가득 차 있었다.

이곳에서 밤과 낮은 있는지 아침이 되면 하늘은 태양이

없어도 하얀빛으로 가득 차 있어 낮이 되었음을 알 수 있
게 하였고, 밤이 되면 하늘을 검게 변하여 밤이 되었음을
알 수 있게 하였다.

그리고 지금은 아무것도 보이지 않는 밤의 시간이었
다.

그렇게 칼스타인이 하늘을 바라보는 동안 40대 정도
로 보이는 대머리 장년인 한 명이 그에게 다가 오더니 말
을 건넸다.

"수혁군, 무슨 일 있는가?"

"아, 팽 헌터님."

다가온 장년인은 바로 칼스타인에게 길드 가입을 제의
했던 팽도강이었다. 팽 헌터라는 호칭에 그는 한숨을 쉬
면서 칼스타인에게 말했다.

"허. 이 친구 참. 형이라고 부르라니까. 벌써 한 달이
넘도록 내가 그렇게 말했는데 말이야."

연배차이로 보면 호형호제 할 정도는 아니었지만, 팽
도강은 그런 것에 개의치 않는 눈치였다.

"하하. 알겠습니다. 형님."

"주둔지 파괴 임무 때문에 고민이지?"

사실 그것 때문은 아니었지만, 그것 역시 칼스타인이
생각하고 있는 것 중 하나였기에 굳이 부인하지는 않았다.

"그렇지요. 형님 길드도 참여하지 않는다고 하셨다면
서요."

"뭐… 그렇게 되었다네. 자네도 알다시피 나한테 딸린
식구들이 좀 많지 않나. 적극적으로 나서기가 좀 그렇
지… 자네가 주도하려 했다고 하던데 미안하구만. 자네
에게 도움 받은 적이 한 두 번이 아니라서 웬만하면 자네
말을 들어주려 했건만… 이번에는 좀 힘들겠어."

십여번의 방어전을 치르는 동안 칼스타인과 그의 일행
은 많은 헌터들에게 도움을 주어서 집결지 내에서 발언
권이 상당히 커진 상태였다.

하지만 그 발언권에도 이번 일은 쉽지 않아 보였다.

"어쩔 수 없지요. 목숨은 하나이니 말입니다. 그건 그
렇고 그 특임대는 언제쯤 오는 겁니까?"

"글쎄 6차 때를 보면 17차 방어전까지 진행 되었을 때
왔었다네."

"흐음… 특임대는 어떤 자들인가요?"

"나도 한 번 밖에 만나지 못해서 구체적으로 이야기하
긴 그렇지만, 하나하나가 정예라는 느낌이었다네. 그리
고 그들을 인솔하면 특임대의 대장은 분명 그랜드마스터
급 강자였지."

예상했던 부분이었다. 특임대라는 이름을 달고 활동할

정도라면 그 수장 정도는 그랜드마스터일 것이라고 칼스타인은 예상했었다.

"그 특임대는 하나의 대(隊)로 이루어져 있던가요?"

"글쎄, 우리에게 온 특임대가 특임 2대라고 하였으니 최소 2개 이상의 대가 있지 않을까? 그 이상일 수도 있고."

"그렇군요. 그럼 7차 대전에는 특임대가 언제 온 겁니까?"

"아쉽지만 7차 때는 20차 방어전까지 진행 되었지만 특임대는 오지 않았다네. 21차 방어전이 시작되기 전에 집결지의 코어가 터지면서 패배 선언이 내려오더군."

7차 대전의 패배는 모두가 알고 있던 사실이었지만, 그 패배가 어떤 식으로 진행되었는지까지는 미처 듣지 못했기에 칼스타인은 흥미로운 표정으로 팽도강의 말을 경청하고 있었다.

"그렇군요. 아. 형님이 7차 때 있었던 집결지 이름이 루나리움이라고 했던가요?"

"그래. 루나리움. 여기보다 작은 집결지였지만, 집결지 내의 구성원들이 좋아서 그런지 어렵지 않게 방어전에 성공할 수 있었지.

"그런데 그 때는 길드를 만들 진 않으셨나요? 이번에 길드를 새로이 모집하셨지 않습니까?"

"그 때는… 길드원으로 있었다네…."

칼스타인의 말에 팽도강은 문득 옛 생각이 나는지 한동안 말을 잇지 못하다가 천천히 말을 꺼내기 시작하였다.

"당시 나는 표영만 형님 휘하의 길드에 있었지. 20명 정도의 조그만 길드였지만 그 단합력은 최고였다네. 그리고 그 무력 또한 집결지에서 다섯 손가락 안에 꼽혔지."

"그런데 길드를 왜 나오신 겁니까?"

"나오지 않았다네… 나와 유청 형님을 제외하곤 모두가 그 괴물의 손에 당해버렸지. 나 역시 죽을 뻔하였지만 뒤늦게 각성한 진일검 헌터 덕분에 살아남을 수 있었지."

"괴물요?"

괴물이라는 말에 칼스타인은 반문하였고, 팽도강은 그에 대해서도 자연스럽게 설명해 주었다.

"그래 괴물. 그 괴물은 보통의 드라고니안 전사의 실력을 월등히 뛰어 넘는 실제 괴물이라 부를 수 있을 정도의 강자였다네. 그랜드마스터 급이라고 해도 과언이 아닐 정도였지."

그랜드마스터 급이라고 이야기 하는 것을 보니 실제 그랜드마스터에는 오르지 못한 것 같았다.

칼스타인은 굳이 그 부분은 언급하지 않고 다른 말로 대화를 이어갔다.

"인간형 드라고니안이었나 보네요."

"그렇네. 다행히 진일검 헌터가 목숨을 건 대전 속에서 그랜드마스터로 각성을 하여 그 괴물을 처단할 수 있었다네. 그리고 진 헌터 덕분에 20차 방어전은 손쉽게 막아냈었지. 결과적으로는 지구 쪽이 패배하여 의미 없게 되었지만 말이야."

"의미 없진 않았지요. 방어전에서 승리하지 못했다면 당시에 목숨을 잃었을 테니 말입니다."

"뭐. 그렇게 보면 그렇겠지. 어쨌든 유청 형님은 당시에는 살아남았지만 후유증이 너무 커서 그랬는지 대전 이후 얼마 버티지 못하고…. 세상을 떠나시고 말았다네. 결국 혼자가 된 난 새로이 길드를 만들 수밖에 없었지."

고개를 끄덕이면서 그의 말을 듣고 있던 칼스타인은 다시금 팽도강에게 질문을 던졌다.

"차라리 각성했다는 진일검 헌터에게 가시는 방법도 있지 않았나요? 그랜드마스터급의 강자 옆에 있으면 좀 더 생존 확률이 올라갈 텐데 말이에요."

"뭐 생각하지 않은 것은 아니었네만… 그를 찾을 수가 없었다네. 미네르바를 동원하려 하였지만, 그랜드마스터

의 정보라서 그런지 정보 통제가 되어 있어서 내 힘으로
는 불가능하더군."

"그렇군요….'

"그렇게 동료들을 한 번 다 잃고 나니 더 이상 위험을
무릅쓰고 덤벼들지는 못하겠더군. 자네에겐 미안하지만
말이야."

"하하. 괜찮습니다. 각자의 사정이 다 있지 않겠습니
까?"

"그렇게 생각해 준다면 나야 고맙지. 여튼 다른 쪽으로
라도 내가 도울 수 있는 것이 있다면 언제든지 이야기하
게나."

"네, 알겠습니다. 형님."

미안한 표정으로 자리를 떠난 팽도강의 등을 보며 칼
스타인은 생각에 잠겼다.

'진일성 헌터를 다시 만나지 못했다라… 그랜드마스터
급은 별도로 관리한다는 것인가? 궁금한 점이 한 두 개가
아니군. 흐음….'

칼스타인이 이런 저런 생각을 하고 있는 동안 기다리
던 목소리가 들려왔다.

바로 셀리나의 목소리였다.

[오빠. 찾았어요!]

[그래? 너무 가까이 접근하지는 말고 어느 정도의 병력이 있는지 정도만 파악해봐.]

주둔지에 어느 정도의 강자가 있을지 알 수는 없기 때문에 칼스타인은 일단 셀리나에게 조심할 것을 당부하였다.

[네. 알겠어요.]

대답을 마친 셀리나는 한동안 말이 없다가 어느 정도 정찰이 끝났는지 다시 말을 이어왔다.

[대략 오천 명 정도로 보이네요. 그리고 주둔지 근처에 대형 몬스터들도 이천여 마리가 있구요.]

차수에 따라 다르지만 보통 방어전을 치를 때 이삼천 명 정도의 드라고니안 전사와 대형 몬스터 천여마리가 온다는 것을 생각하면, 이들도 전체 병력이 방어전에 다 참여 하는 것은 아닌 것 같았다.

[흐음….]

[어떡할까요? 조금 더 가까이 가볼까요?]

칼스타인은 그녀에게 바로 돌아오라고 이야기 하려하다가 한 가지 더 확인해 볼 사항이 생각났다.

[그래. 조금만 더 가까이 가봐. 주둔지에도 여기 집결지처럼 아군에게는 버프를 적에게 디버프를 주는지도 확인해 봐야겠어. 대신 위험해 질 것 같은 상황이 생기면 바로 이야기 해. 바로 역소환할 테니 말이야.]

역소환했다 소환하는 것은 상당한 마나가 필요한 일이긴 하였지만, 나중에 주둔지를 공격할 것을 생각한다면 한 번쯤은 확인해 봐야하는 사항이었다.

[네, 알겠어요. 오빠. 일단 크기를 줄이고 최대한 은신을 펼쳐서 들어가 볼게요.]

싸이클론버드 같은 풍계(風界)형 소환수였다면 바람에 몸을 감추어 은신이 쉬울 수도 있을 것이나 셀리나는 썬더버드로 전격계(電擊界) 소환수였다.

따라서 은신과는 다소 거리가 있었다. 다만 그 속도는 매우 빨라 얼마 지나지 않아 주둔지의 영향력이 미치는 곳까지 다다를 수 있었다.

'으음… 들어갔나보군.'

아직 셀리나의 심어가 오지는 않았지만 칼스타인은 그녀가 주둔지의 영향력 안에 들어간 것을 느낄 수 있었다.

그 이유는 셀리나와의 연결이 약해진 느낌을 받았기 때문이었다. 마치 전파에 노이즈가 낀 것처럼 둘 사이의 연결을 방해하는 느낌이었다.

그것을 느낀 칼스타인이 확인할 사항은 다 확인하였으니 셀리나에게 빠져나오라는 말을 하려는 찰나 셀리나의 심어가 들려왔다.

[오빠, 여기도 집결지와 비슷… 으힉! 오빠! 역소환! 역소환!]

크기도 줄었고 몰래 숨어든다고 하였지만, 대부분 마스터급의 능력을 갖추었는지라 그녀의 은신은 오래가지 못한 것처럼 보였다.

다급한 셀리나의 말에 칼스타인은 서둘러 그녀를 역소환하였다. 원래 마나 소모가 필요 없는 역소환이었지만, 주둔지에서 발하는 기운 때문인지 상당한 마나를 사용해서 연결을 강화시키고 나서야 역소환에 성공할 수 있었다.

셀리나를 역소환시킨 칼스타인은 다시 그녀를 자신의 앞으로 소환하였다.

썬더버드의 모습이 아닌 인간의 모습으로 칼스타인 앞에 나타난 셀리나는 나오자마자 크게 한 숨부터 쉬었다.

"휴~"

"무슨 일이야?"

"그게… 원거리 공격에 당할 뻔 했어요."

"맞지는 않았고?"

무뚝뚝하지만 다소 걱정스러운 칼스타인의 말투에 기분이 좋아졌는지 셀리나는 아무렇지 않다는 표정을 지으며 칼스타인에게 대답했다.

"괜찮아요. 제가 쉭쉭 피해냈죠. 히히."

귀여운 표정으로 몸을 이리저리 움직이는 셀리나의 머리를 쓰다듬은 칼스타인은 일단 세부적인 정찰 사항에 대해서 물었다.

"병력 구성은 어땠어? 방어전 때와 다르지 않나?"

셀리나 역시 방어전에 참여하고 있었기에 방어전에 참여하는 드라고니아의 병력에 대해서는 잘 알고 있었다.

"네, 크게 다르지 않았어요. 다만…."

"다만?"

"방어전 때는 보지 못했던 특이한 복장의 드라고니안 세 명이 눈에 띄었어요. 조금 전에도 그 중 한 명이 사용한 기술에 맞을 뻔 했거든요."

"그래? 그랜드마스터 급이던가?"

그랜드마스터 급 세 명이라면 아무리 칼스타인이라도 덤벼들 수는 없는 병력이었다. 한 명 정도야 방심을 틈타 검강을 사용한다면 어떻게든 해볼 수 있겠지만, 지금 상태로 세 명과 싸운다면 필패라 할 수 있었다.

하지만 다행히도 셀리나는 고개를 저으며 말했다.

"그건 아닌 거 같아요. 아직 그랜드마스터에는 오르지 못한 것으로 보였어요. 저한테 사용했던 기술도 검강이 아닌 검기 수준의 마나였구요."

이미 그랜드마스터 수준의 능력자는 상당히 접해 본

셀리나였기에 상대가 특수한 기술로 자신의 경지를 숨기지만 않았다면 잘못 판단할 가능성은 낮았다.

"그런가? 그렇다면 다행이군. 어쨌든 수고 많았어. 쉬고 있어."

"네. 오빠. 히히."

칼스타인은 가볍게 수고를 치하하며 다시 한 번 그녀의 머리를 쓰다듬었고 셀리나는 기분 좋은 얼굴로 숙소로 돌아갔다.

하지만 칼스타인은 바로 숙소로 돌아가지 않고 다시금 생각에 잠겼다.

'셀리나가 말한 정도의 숫자면 임무를 부여받은 능력자들이 모두 가서 옥쇄를 각오해야 할 정도인데… 그리고 상급자로 보이는 세 명의 드라고니안이라… 혹시 도강 형님이 말했던 괴물이라는 자들인가?'

이런 저런 고민을 해보았지만 지금으로서는 방법이 없었다. 그리고 그 세 명의 상급자 역시 어떤 정도의 실력자인지 직접 만나지 않고는 알 수가 없었다.

'후… 일단은 주둔지 파괴 임무는 보류해야겠군. 포인트를 쌓는데 주력하자.'

지금 상황이 마음에 들지 않는지 칼스타인은 고개를 저으며 그 역시 숙소로 자리를 옮겼다.

적극적으로 나서려고 했던 칼스타인이 잠자코 있자 누구도 주둔지 파괴 임무를 수행하려 하지 않았다.

그리고 삼 일의 시간이 지나자 다시 11차 방어전에 대한 임무가 내려왔다.

다행인 것은 주둔지 파괴 임무와 방어전 참여에 대한 임무가 동시 수행이 된다는 것이었다.

'방어전 포인트를 포기하지 않아도 되어서 다행이군.'

드라고니안 전사나 몬스터를 잡기만 해도 일정의 포인트는 주었지만, 한 점의 포인트가 아쉬운 상황에서 임무 수행에 따른 포인트를 포기하기에는 아까웠기에 칼스타인은 내심 안도의 한숨을 내쉬었다.

이미 열 번의 방어전을 치뤘기에 방어전에 나서는 헌터들의 얼굴에 큰 긴장감은 없었다.

저번 방어전에서 심한 부상을 입었던 헌터들을 제외하곤 모든 헌터들이 성채 위로 올라왔는데 저 멀리서 수천에 달하는 드라고니안 병력들이 나타났다.

특이한 것은 지금까지와 달리 오늘은 무리의 선두에 특이한 형태의 판금갑옷을 입은 드라고니안 한 명이 서 있다는 점이었다.

그리고 이 드라고니안의 손짓에 따라서 전체 드라고니안이 크게 네 조각으로 나뉘어 집결지 아르카디움을 공격해 들어오기 시작했다.

그것만 보아도 이 무리를 이끄는 자가 바로 이 판금갑옷의 전사라는 것을 알 수 있었다.

수천의 드라고니안 전사와 몬스터들이 덤벼드는 모습은 보통 사람이라면 공포감을 느낄 수 있을 정도로 압도적인 장면이었다.

하지만 이미 열 차례의 방어전을 치룬 역전의 용사들에게는 큰 영향을 주지 못하였다.

그렇다고 해도 이제 목숨을 건 전투를 해야하기에 약간의 긴장감은 어쩔 수 없었다.

그런 분위기를 느꼈는지 팽도강이 자신의 참마도를 하늘로 치켜들며 외쳤다.

"자! 오늘도 한 번 어울려 보자고!"

팽도강의 목소리에 그의 길드원들 역시 각자의 무구를 들어 올리며 기합성을 내었고, 주변의 다른 헌터들도 한 번 씩 함성을 발하면서 살짝 드리운 긴장감을 해소하였다.

두두두두두두두~

수천의 병력이 천지가 울리는 소리를 내며 성채 근처

까지 다가왔을 때, 원거리 공격이 가능한 능력자들이 먼저 일격을 가하였다.

휘이잉~

쿠앙! 쾅! 콰가강!

대량의 마법과 초능력들이 무리로 날아들었지만, 이들 역시 수 차례의 공성전을 진행했던 전사들이었다. 원거리 공격 한 번에 무너질 정도로 약하지 않았다.

"!@%$!@#%!"

"^#$%^#!"

기이한 역장을 발휘하며 대부분의 마법과 이능을 막아낸 드라고니안의 전사들은 괴성을 지르면서 대화를 하더니 하나 둘 성채를 오르기 시작했다.

이십여미터에 이르는 높은 성벽이었지만 능력이 능력인지라 점프 한 두 번으로 성벽은 무용지물이었다.

하지만 성벽 위에 있는 지구의 헌터들도 그것을 가만히 보고 있지는 않았다.

"파이어 익스플로전!"

"아이스 스피어! 얼어붙어라!"

각종 마법의 시동어부터,

"하압!"

"크아아아!"

기합과 함께 발하는 초능력,

"단철마장!"

"맹호참!"

강력한 마나를 머금은 무공에 이르기까지, 지구의 헌터들은 적극적으로 드라고니안의 공세를 막아내고 있었다.

그리고 코어에서 발하는 힘 덕분에 드라고니안의 움직임은 처음 나타났을 때에 비해서는 상당히 거북해 보였고, 그 덕분에 헌터들은 드라고니안에 비해 적은 숫자로도 그들을 막아낼 수 있었다.

현재 전투 양상만 보았을 때에는 여태까지의 방어전과 그리 다르지 않았다.

하지만, 이번 방어전에는 지금까지의 방어전과 다른 점이 있었다.

바로 검붉은 판금갑옷을 입은 드라고니안 전사의 존재였다. 그리고 그는 아직까지 전투에 참여하지 않고 있었다.

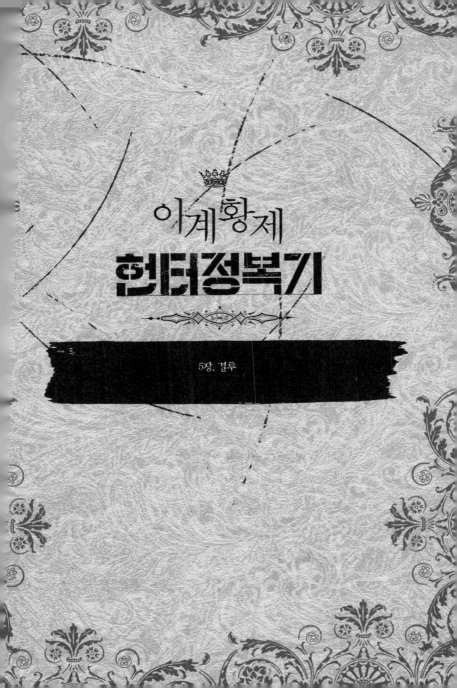

이계황제
헌터정복기

5장. 결투

5장. 결투

한동안 전장의 상황을 지켜보던 판금 갑옷 전사는 갑자기 전장을 향해서 괴성을 지르기 시작했다.

"!%#@$%@!@#%"

현재 전투에 참여하는 모든 헌터들은 [요한나의 언령] 물약을 마셔, 모든 언어를 알아들을 수 있어야 했지만, 지금 판금갑옷의 전사가 하는 말은 알아들을 수가 없었다.

타종족이 알아들을 수 없도록 일종의 암호화가 되어 있는 것 같았다.

여하튼 드라고니아 전사들은 판금갑옷 전사의 지시를 따르는지 지금까지 막무가내 식으로 공격해오던 전사들의 움직임이 묘하게 변하였다.

급격하게 달라졌다고 말할 정도는 아니었지만, 형세의 유불리를 판단하여 불리한 곳에서 전력이 빠지고 유리한 곳의 전력이 더해지는 등의 전술적인 움직임이 생긴 것이었다.

"칼리펀트를 막아!"

코끼리를 닮은 체고 20여 미터의 S급 대형 몬스터 칼리펀트가 성벽에 붙어서 지구의 능력자들을 성벽 아래로 떨어트리려고 하자 한 헌터가 급하게 외쳤다.

하지만 옆에 있던 헌터는 조금 더 큰 그림을 보고 있었다.

"칼리펀트가 급한 게 아니야! 우측 가운데가 비었어! 상급 전사들이 몰려온다!"

지금까지는 막무가내식의 공격이었기에 지구의 헌터들은 각자 담당지역, 조금 더 보자면 담당지역의 근접지역까지만 방어하면 되었지만, 상대가 전술적인 움직임을 보이는 이상 그것만으로는 부족하였다.

지구의 헌터들 역시 지휘부가 필요하다는 이야기였다. 그리고 수많은 전쟁을 이끌었던 칼스타인은 본능적으로 그 전황의 흐름을 느낄 수 있었다.

'이대로라면 방어선이 뚫린다. 돌파구를 찾아야 해!'

결단을 내린 칼스타인은 긴급히 마나를 끌어올리더니 사자후(獅子吼)를 토해냈다.

"전군 대열 정비! 이대로라면 뚫립니다! 일단 임시로 제가 지휘하겠습니다! 팽도강 길드와 정호영 길드는 우측 성벽으로 긴급 지원 하십시오! 두 길드의 빈자리는 트라쎄 길드가 잠시 막아주세요! 어서 움직이세요!"

갑작스러운 칼스타인의 말이었지만 팽도강과 정호영은 칼스타인의 말을 거부하지 않았다.

그들 역시 전장의 흐름 정도는 파악할 수 있었기에 지금 가장 급한 곳이 우측 성벽이라는 것을 알았기 때문이었다.

현재 우측 성벽을 맡고 있던 축복자 길드가 뚫려 버린 상태로 만일 우측 성벽을 막지않는다면 집결지의 코어까지 무방비로 놓이게 되는 상황이었다. 누구든 그들을 막아야 했다.

"크윽… 축복자 놈들… 꼭 중요한 순간이 이런다니까. 젠장!"

우측 성벽을 향해서 달려가는 팽도강은 씹어 내뱉듯이 한마디를 던졌고, 소속 헌터들 역시 축복자 길드를 욕하면서 뚫린 방어선을 메우기 위해서 달려갔다.

그도 그럴 것이 축복자 길드가 이러는 것이 한 두 번이 아니었기 때문이었다. 다만, 여태까지는 그들의 좌우측에 있는 길드나 파티에서 충분히 수습이 가능한 수준이었지만, 지금은 그것이 불가능했기에 욕먹는 정도가 더 크다는 차이가 있었다.

살아있는 사람이라면 누구나 자신의 목숨이 중요하겠지만, 축복자들은 삶에 대한 집착이 보통사람보다 월등히 높았다.

동시에 자신들의 저주받은 운명에서 벗어나기 위해 포인트가 걸린 일이라면 물불을 가리지 않고 뛰어드는 이중성도 있었다.

그래서 그런지 축복자들과의 작전은 종종 예상했던 대로 진행되지 않는 경우가 많았고, 칼스타인이 집결지에 와서 처음 만났던 왕정이 그들을 조심하라는 것도 이런 맥락에서 한 말이었다.

칼스타인 역시 그들과 함께 싸우다 마지막 일격을 빼앗기거나 위급한 상황에서 축복자 헌터가 도망치는 것을 겪었기에 그런 사실을 체감하고 있었다.

어쨌든 전황의 흐름에 따라서 몇 차례 더 지시를 내린 칼스타인 덕분에 방어라인은 무너지지 않았고, 박빙의 승부가 계속 이어졌다.

그러면서도 칼스타인은 자신 역시 전투에 계속 참여

하고 있었다. 즉, 이런 난전 속에서도 지휘를 할 만큼 칼스타인에게는 여유가 있었다는 이야기였다.

드라고니안의 판금갑옷 전사는 최초의 지시 외에도 몇 번 더 지시를 내렸지만 그 때마다 칼스타인의 지휘에 막혀 방어선을 뚫어내지 못하자, 손에 붉은 대검을 소환한 채 직접 전장으로 향했다.

당연히 그 목표는 지구 헌터들을 움직이고 있는 칼스타인이었다.

"!@#%!@#$%"

판금갑옷 전사가 괴성을 지르자 혼란스러운 전투 와중에도 칼스타인으로 향하는 길이 생겨났다. 드라고니안 전사들이 싸우는 자리를 옮겼던 것이었다.

크후흐~ 크후으~

사방에서 폭발음과 파열음이 터져 나오는 전투 중이었지만, 칼스타인은 판금갑옷 전사의 거친 숨소리가 똑똑히 들려왔다.

'저 자가 셀리나가 말한 그 자로군. 확실히 다른 전사들과는 다르네… 하지만 역시 그랜드마스터에는 오르지 못했군.'

칼스타인이 판단한 판금갑옷 전사의 경지는 그랜드마스터가 되기 직전 정도의 단계였다. 모든 상황은 다 갖추어졌지만 그랜드마스터가 되는데 필요한 깨달음이 약간 부족한 상태라고도 할 수 있었다.

그 약간의 깨달음만 충족된다면 언제 그랜드마스터에 올라도 이상하지 않을 상태였다.

물론 말이 약간이지 당사자에게는 바다보다도 넓게 하늘보다도 높게 느껴질 것이었다.

그 경지를 넘어 선 다음에야 아. 그 쉬운 것을 이라고 생각할지언정 지금 저 상태에서는 경지를 가로막는 절대 방벽과도 마찬가지의 느낌을 받을 가능성이 높았다.

칼스타인은 그런 상태에 있었던 수많은 마스터들을 알고 있기에 지금 판금갑옷 전사의 상태를 정확히 짚어 내었다.

'마나량은 현재 나보다 월등히 높긴 하지만 저 정도 상태라면… 후후… 적진에 뛰어 들어서 잡아야 하나 했는데 잘 되었군.'

지금 보이는 판금갑옷 전사 정도의 경지로는 결코 칼스타인의 상대가 될 수 없었다.

때문에 자신을 향해서 다가오는 판금갑옷 전사의 모습에 칼스타인은 내심 미소를 지었다.

현재 전황을 어렵게 만드는 원흉이 저 판금갑옷 전사였기에 칼스타인은 그를 해치워야겠다고 판단하였지만,

지금까지는 전장의 후방에 머물러 있는 그를 잡을 만한 방법이 없는 상황이었다.

이런 상황에서 판금갑옷 전사가 순순히 자신을 향해서 다가오니 당연히 칼스타인은 기쁠 수밖에 없었다.

칼스타인의 지근거리까지 다가온 판금갑옷 전사는 칼스타인에게 말을 건넸다. 육성으로 전해지는 말이 아닌 머릿속으로 직접 전하는 심어의 일종이었다.

[네가 이 집결지의 사령관인가?]

임시 지휘자긴 하였지만 일단 지휘를 맡고 있었기에 칼스타인은 부인하지 않고 대답했다.

[그렇다. 넌 누구냐?]

[후후. 잘되었군. 나는 라파칸 족의 대전사 파르스다. 네 이름은 무엇이냐?]

대전사라는 것이 직책인지 지위인지 알 수는 없었지만, 일단 보통의 전사들보다는 높은 위치에 있는 자인 것은 알 수 있었다.

조금 더 정보를 알아 내기 위해서 칼스타인은 파르스의 질문에 순순히 답을 해 주었다.

[나는 이수혁이라 한다.]

[이수혁이라… 좋다. 라파칸족의 대전사 파르스, 너 이수혁에게 결투을 신청한다!]

결투 신청 따위의 절차 없이 바로 덤벼든다 해도 상대를 하여야 했는데, 파르스는 굳이 저런 절차까지 취해가며 대결을 신청하였다.

'합공으로 달려들어도 잡아내야 하는 판에 일대일 대결이라니. 잘 되었군.'

일대일이라 굳이 언급하지는 않았지만 이름을 걸고 하는 결투이다보니 칼스타인은 당연히 일대일 대결로 인식하였다.

[좋다. 결투 신청을 받아들이지.]

칼스타인이 흔쾌히 고개를 끄덕이며 말하자 파르스는 그를 따라온 백여명의 친위대원에게 한마디를 하였다.

파르스의 말을 들은 친위대는 지금 서 있는 곳이 전장의 한 가운데임에도 불구하고, 칼스타인과 파르스가 있는 곳을 포함하여 직경 오십여미터 정도를 비워 결투장을 만들어내었다.

[결투를 피하지 않는 것을 보니 그대 역시 전사로군. 전사에 걸 맞는 죽음을 내려주겠다. 마지막 남길 말은 없나?]

[마지막 말은 무슨. 헛소리 하지 말고 그냥 덤벼.]

생사투를 앞에 두고 전사라고 인정한 자의 마지막 유언을 듣고자 함이었는데, 칼스타인의 말에 불쾌감을 느낀 파르스는 거센 콧김을 내뿜었다.

크후흑!

[건방진 자로군!]

[넌 목숨을 건 전투를 하는데 예의를 차리는 가보지?]

[신성한 결투에….]

채앵!

더 이상 대화는 필요 없다 생각한 칼스타인은 한껏 검기를 드리운 검으로 파르스의 오른쪽 옆구리를 공격해들어갔다.

[비겁하기까지 한 자로군!]

머릿속으로 들려오는 파르스의 목소리에 칼스타인은 비릿한 미소를 지었다.

'꼴에 쓸데없는 겉멋이라니 생각보다 더 쉽겠어.'

목숨이 오가는 전투에서 적을 만났는데 건방이 무슨 소용이고, 비겁이 무슨 상관이랴. 전투에서 전쟁에서 옳은 일은 이기는 일 뿐이었다.

전투에서 비열한 승리는 있어도 훌륭한 패배는 없는 것이다. 죽은 뒤에 적군에게 칭찬을 들어봤자 무슨 소용이 있겠는가라는 것이 전장에서 칼스타인의 사고방식이었다.

그런 칼스타인에게 이런 허례허식을 취하는 자야 말로 가장 상대하기 쉬운 자였다.

'전황도 빠듯하게 돌아가는데 빨리 끝내자. 대전사라니 포인트는 얼마나 주려나?

결투를 빨리 끝내려고 마음먹은 칼스타인은 마나를 돌려 초월의 영역으로 진입한 후 혼원무한검법, 즉, 에르하임식 검술을 펼쳐내기 시작했다.

혼원무한검법은 가볍지만 무겁고, 빠르지만 느리고, 변화무쌍하지만 간결한 모순적인, 말그대로 혼원의 형태를 가진 검법이었다.

지금도 파르스의 전신을 노려가는 칼스타인의 검은 너무도 세세하게 쪼개져서 날아갔기에 파르스는 큰 걱정없이 호신기를 둘러서 그의 검을 막아내고 자신의 대검으로 칼스타인의 머리를 쪼개려고 하였다.

하지만 파르스는 다시 대검을 돌려 칼스타인의 검격을 막아낼 수밖에 없었다.

그것은 수백개의 검세가 파르스의 호신기에 닿는 순간 세 개의 검세로 압축되었고, 두 검세는 파르스의 호신기를 찢어냈고 마지막 남은 검세는 파르스의 목덜미를 노려왔기 때문이었다.

파앙!

파르스 역시 초월의 영역으로 들어와 있는 상태였기에 칼스타인의 움직임과 그리 다르지 않은 속도를 보였다.

오히려 몸의 내구성이나 마나량이 칼스타인 보다 월등히 좋은 상태이기에 무리를 한다면 좀 더 빠른 속도를 보일 수도 있을 것이었다.

지금 칼스타인의 검세를 막은 것도 인간이라면 신체에 큰 부담이 갈 수 있는 움직임이었지만, 드라고니안 종족의 강인한 신체를 이용하여 크게 어렵지 않게 검격을 막아낸 것이었다.

칼스타인의 공격을 막아낸 파르스는 이번에는 자신이 적극적인 공격을 감행해왔다.

후웅! 후우웅!

4미터에 달하는 거대한 체구에 3미터 가까이 되는 대검을 휘두르는 파루스의 모습은 압도적이라 할 수 있을 만큼 강렬한 모습을 보였다.

하지만 그것도 검격에 직격을 당할 때의 이야기이지 초월의 영역에 들어간 상태에서 보법까지 사용하는 칼스타인은 대검에 스치지도 않았다.

카득! 콰직!

동시에 날렵한 몸놀림으로 파루스가 입고 있는 판금갑옷의 이음새를 공격해 들어갔다.

처음에는 판금갑옷을 그대로 뚫으려고 하였지만 파루스 역시 마나로 판금갑옷을 보호하고 있었고, 판금갑옷

자체가 일종의 아티팩트로 내구도가 뛰어나 손쉽게 뚫어내기는 힘들었다.

그래서 지금은 판금 갑옷이 보호하지 않는 부위를 노리고 있었다.

칼스타인의 공세는 가랑비에 옷이 젖는 것처럼 파루스 이곳저곳에 상처를 남겼다. 아무리 강인한 드라고니안 대전사라 해도 계속 이렇게 당한다면 오래 버티지 못할 것이었다.

파루스 역시 그런 상황을 느꼈는지 칼스타인에게 한마디 던지더니 기합성을 내뱉었다.

[역시 케틀족처럼 피하면서 잔 공격만 하는군. 크크 너무 뻔한 수법이야. 하합!]

파루스의 기합성과 동시에 그가 들고 있던 거대한 붉은 대검의 붉은 기운이 한층 더 강해졌고, 파루스는 그 붉은 기운을 던지듯이 칼스타인을 향해 대검을 휘둘렀다

후우웅! 콰아앙!

칼스타인은 대검에서 뿜어져 나온 기운을 피했지만 그 붉은 기운은 칼스타인이 원래 서 있던 자리에서 폭탄이 터지듯이 터져버렸다.

단일 타겟 공격이 아닌 범위 공격이었던 것이었다. 드라고니안 역시 오랜 전투를 치러왔던 종족이기에 스피드

위주로 움직이는 상대에 대한 대응도 충분히 마련되어 있었다. 그 중 가장 쉬운 대처 방법이 이 범위 공격이었다.

칼스타인은 붉은 기운의 직격은 피했지만 폭탄처럼 터지는 붉은 기운의 파편까지는 모두피해내지는 못하였다.

파편이라 해도 그 하나하나에 담긴 기운은 가공한 파괴력을 갖고 있었다.

파파파팍!

수십개의 파편은 신속기동을 통해서 피해내었지만 여전히 수십개의 파편이 남아 있었고 결국 칼스타인은 긴급하게 끌어올린 호신막으로 파편을 막아낼 수밖에 없었다.

'으음… 마나량이 마나량이다보니 충격이 꽤 오는군.'

만일 칼스타인이 파루스의 마나량을 가지고 있었다면 이미 그랜드마스터에 도달 했을 정도로 파루스의 마나량은 많았다.

때문에 지금의 공격은 치명상이라 할 정도는 아니었지만 상당한 충격을 받은 것은 사실이었다. 그리고 긴급하게 호신막을 끌어올린다고 꽤나 많은 마나의 소모 또한 뒤따랐다.

'서둘러 끝내야겠군.'

하지만 선공에 나선 것은 파루스였다. 붉은 기운의 폭발이 완전히 끝나기도 전이었지만 파루스의 공격은 시작되었다.

칼스타인의 지근거리까지 다가온 파루스는 자신의 대검에 강력한 마나를 머금고 일도양단의 식으로 칼스타인의 상반신을 향해 대검을 휘둘러왔다.

여태까지의 경우라면 그리 어렵지 않게 피해낼 수 있는 일격이었겠지만, 지금은 붉은 기운의 파편을 막느라 긴급히 마나를 운용하는 중이라 전과 같은 움직임을 보이기는 힘들었다.

결국 피하는 것이 아니라 막아낼 수밖에 없었다. 다만, 검을 막아내기 시작하면 월등한 마나를 가진 파루스의 파상공세에 계속 수세에 빠질 가능성이 높았다.

'승부수를 띄워야겠어.'

결단을 내린 칼스타인은 붉은 기운의 파편을 막아내고 있는 호신막을 머리와 심장 부분만을 남기고 거두어들였다.

호신막을 포기하자 날카롭게 날아드는 붉은 기운의 파편들이 칼스타인의 팔다리를 파고들었다.

강렬한 통증이 느껴졌지만 칼스타인은 이에 아랑곳 않

고 오른손에 들고 있는 벨로스 소드에 마나를 집중하였다.

칼스타인의 막대한 마나가 순환하여 벨로스 소드에 들어가자 지금까지 불꽃처럼 일렁이던 검기가 어느 순간 고정되며 날카로운 빛을 발하였다.

오러블레이드, 검강의 발현이었다.

또 하나의 날이 칼스타인의 검에 덮어씌워졌고 푸른빛의 검강은 붉은 검기를 머금은 파루스의 대검을 막아내는 것이 아니라 잘라내 버렸다.

그그극!

"@#%%!"

자신의 대검이 잘리는 갑작스러운 상황에 파루스는 깜짝 놀라며 순간적으로 몸을 뒤로 빼려고 하였지만, 승부수를 띄운 칼스타인은 그것을 두고 보지 않았다.

날렵한 몸 놀림으로 파루스가 한 걸음 물러설 때 두 걸음 들어간 칼스타인은 여전히 시리게 빛나고 있는 검강을 파루스의 목을 향해 날렸다.

그제야 지금의 공격이 검강을 이용한 것이라는 걸 인지한 파루스는 눈을 붉게 물들이며 전신의 마나를 집중한 뒤 지금의 이 자리를 피하려고 하였다.

지금까지 본 칼스타인의 모습을 보았을 때 결코 그랜드마스터의 경지로 보이지는 않았다.

그렇기에 지금의 검강은 일시적인 것일 가능성이 높았다. 또한 파루스 역시 약간의 시간만 있다면 이 일시적인 검강 정도는 막아낼 방법이 있었다.

하지만 파루스에게 더 이상의 기회는 없었다. 파루스의 지척까지 다가온 칼스타인의 검이 현묘한 움직임을 보이며 그의 방어를 뚫어냈고, 이어 혼원일섬의 식으로 파루스의 목을 끊어버렸기 때문이었다 .

샤아악! 투욱~!

아무리 강인한 체력과 마나를 갖고 있는 드라고니안의 대전사라 하지만 목이 떨어진 상태에서는 더 이상 살 수 없었다.

파루스의 목을 베어낸 칼스타인은 대부분의 마나를 소진하여 지친 상태이지만 그의 머리를 치켜 올리며 사자후를 내뱉었다.

"대장의 목을 베었다! 이제 오합지졸이 된 드라고니안을 몰아내자!"

결투의 주변에 있는 자들이야 결투 결과를 볼 수 있었지만, 결투장에서 떨어져서 전투를 벌이고 있는 자들은 이 상황을 모를 것이기에 사자후를 발했던 것이었다.

그런 칼스타인의 의도가 먹혔는지 전장의 공기가 달라졌다.

지금까지는 전투의 양상이 비등하거나 다소 밀린다는 느낌이었는데, 칼스타인의 외침 이후로는 지구 쪽의 기세가 폭발한 느낌으로 드라고니안 쪽을 밀어내고 있었다.

"후우… 후우…."

긴급한 호신막으로 상당한 마나를 소모한 상태에서 검강으로 공격을 감행하다보니 지금 단전에 남은 마나는 그리 많지 않았다.

때문에 바로 전장으로 돌아가지는 않고 칼스타인은 잠시 숨을 돌리고 있었는데 자신의 눈 앞에 시스템의 메시지가 떠올랐다.

[업적 달성! S급 상태에서 드라고니안의 대전사와의 대결에서 승리! 추가 대전 포인트 200,000 포인트 지급.]

업적달성의 메시지였다. 업적은 위업보다는 한 단계 낮은 성과로 볼 수 있었지만, 이 업적은 성공 난이도가 높아서인지 초반 위업 달성 때보다도 더 많은 포인트를 제공하였다.

'보통 업적 달성이면 많아야 5만 포인트였는데… 이건 위업 포인트보다도 많은데?'

두 달여 동안 수많은 전투를 치뤘던 칼스타인은 이미 여러 가지 업적을 달성한 상태였다. 그렇기에 이런 추가적인 포인트를 받는 것도 어색하지 않았다.

다만, 업적을 달성하고 20만 포인트를 받은 적은 없었기에 지급된 포인트의 양에 꽤나 놀란 상태였다.

그런 생각을 하고 있는 칼스타인에게 누군가의 목소리가 들려왔다

"수혁아!"

바로 성소현의 목소리였다. 지금 칼스타인은 파루스가 사용했던 기술의 여파로 전신이 피로 물들어 있었는데 모르는 사람이 보기에는 치명상을 입은 것처럼 보였다.

놀란 성소현은 황급히 칼스타인에게 다가와서 치유의 기운을 불어넣기 시작하였다.

"소현아, 난 괜찮으니까 심각한 부상자나 치료해 줘."

"전신이 피투성이인데 괜찮긴 뭐가 괜찮아! 네가 심각한 부상자야! 가만히 있어봐!"

성소현답지 않게 화를 내며 그녀는 칼스타인을 붙잡고 자신의 기운을 아낌없이 불어넣어 주었다.

사실 생명이 위급한 치명상이라 할 수는 없는 상처였지만, 꽤나 큰 상처임은 틀림없었다.

단순한 상처를 넘어 근육과 힘줄이 갈라진 부분도 많았다. 지금이야 마나를 이용해서 근육과 힘줄을 붙잡고 있지만, 만일 마나를 거둔다면 제대로 몸을 운신하기

힘들 정도의 큰 상처였다.

그래서 칼스타인은 성소현의 말에 별다른 말은 하지 않고 그녀가 보내주는 치유의 기운에 몸을 맡겼다.

'방심했군. 차라리 검강을 더 빨리 사용했다면 굳이 이런 상처를 입지 않아도 될 텐데 말이야.'

파루스의 신체나 마나 능력은 칼스타인은 월등히 상회하였지만, 전투 능력만 따지고 본다면 칼스타인의 상대라 할 수 없었다.

워낙 기본 스펙이 좋아서 잠시나마 칼스타인을 홀로 상대할 수 있었던 것뿐이었다.

'대전사가 몇 명이나 될까? 일단 셀리나가 본 자들만 세 명이라 했으니 적어도 두 명은 더 남아 있을 테고… 만일 그들이 합공을 한다면… 흐음… 쉽지 않겠군.'

하지만 칼스타인의 생각처럼 그들은 혼자가 아니었다. 그리고 걸리는 사람은 또 있었다.

'처음 만났던 중급 전사가 라파칸 족의 희망이라는 자가 있다고 했지? 대전사가 이 정도면 그 자는 분명 그랜드마스터의 경지는 되었겠군. 이대로면 힘들 것 같은데… 그랜드마스터가 되지는 못하더라고 일단 마나량이라도 조금 더 올려야겠어. 그래야 검강을 한 번이라도 더 사용하지.'

성소현이 사용하는 치유 이능이 아직 끝나지 않았기에 칼스타인은 치유를 받는 동안 하급 마나 증가제라도 구매하기 위해서 시스템상의 포인트 상점을 열었다.

'음? 호오. 열 배씩 증가하는 건 아니었다는 건가?'

지금 칼스타인이 가지고 있는 포인트는 정확히 47만 7,224포인트였다. 하지만 이것은 보유 포인트이고 대전에 들어와서 지금까지 취득했던 포인트는 68만 5,465포인트였다.

이중 20만 포인트는 [케이토의 상급 마나 비약]과 [나스론의 하급 마나증가제]를 구매한다고 사용하였고, 기타 자잘한 아이템의 구매 때문에 일부 포인트를 사용한 바가 있었다.

칼스타인이 지금까지 포인트 상점을 이용해 본 결과, 새로운 아이템이나 아티팩트 목록은 현재 포인트가 아닌 취득 포인트에 연동해서 나타난 다는 점을 알 수 있었다.

즉, 지금 칼스타인은 47만 포인트 상태의 물품 목록을 보는 것이 아닌, 68만 포인트 한도의 목록을 보고 있다는 것이었다.

그렇게 보이는 상점 물품 목록에는 [나스론의 중급 마나증가제]가 나타나 있었다. 그리고 그것을 구매하는데 필요한 포인트는 50만 포인트였다.

'생각보다 저렴한데? 흐음, 그렇다면 계산만큼 마나홀을 자극해 주는 지는… 알 수 없겠군… 하지만 일단은 시도라도 해봐야겠지?'

생각을 정리한 칼스타인은 지금까지도 치유의 기운을 쏟아내고 있는 성소현을 제지하였다.

"소현아. 이제 그만 해도 돼."

"하지만,"

눈물이 글썽이는 얼굴로 계속 치유 이능을 발휘하려는 성소현의 손을 잡으며 칼스타인은 재차 말했다.

"괜찮아. 이제 웬만한 부상은 다 치유되었어. 그리고 아직 전투가 끝나지 않았잖아. 가봐야겠어."

진지하게 이야기하는 칼스타인의 말에 성소현 역시 더 이상은 칼스타인을 제지할 수는 없었다.

"…알겠어. 너무 무리하지는 마."

떨리는 말투로 칼스타인을 걱정하는 성소현의 어깨를 가볍게 두드린 칼스타인은 다시 피 튀기는 전장의 한가운데로 뛰어들었다.

2만여 포인트만 더 모으면 중급 마나증가제를 구매 할 수 있었기 때문에 칼스타인의 움직임은 평소보다도 거침없었다.

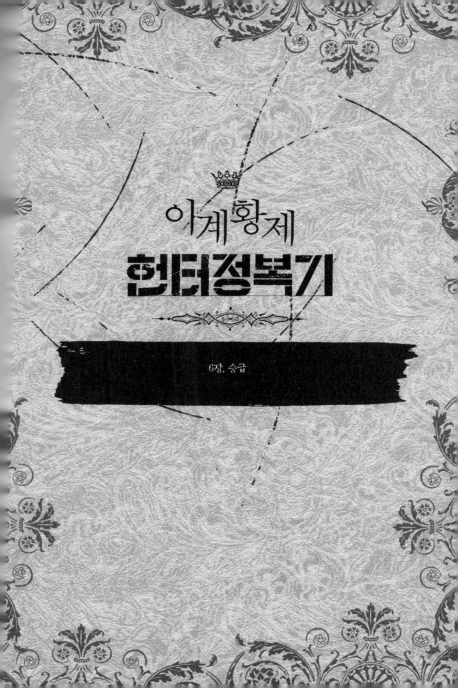

이계 황제
헌터정복기

6장. 승급

6장. 승급

"휴~ 이제 끝났군."

"수고하셨습니다."

"고생했어."

칼스타인이 대전사 파루스를 해치운 다음부터는 방어전에 큰 위기는 없었다.

한 가지 특이사항이라면 뒤로 빠졌던 축복자들도 전황이 역전되는 것을 확인한 뒤 개별적으로 다시 전장에 뛰어들어 다른 헌터들의 눈총을 샀던 일 정도가 평소와 다른 점이라면 다른 점이었다.

평소처럼 주변 헌터들과 간단히 인사를 나눈 칼스타인은

일단 숙소로 돌아와서 일행에게 자신의 상황을 밝혔다.

칼스타인은 포인트의 현황부터 지금 중급 마나증가제를 섭취하여 그랜드마스터로 진입을 시도할 것이라는 이야기까지 마쳤다.

"그러니 케론과 에이나는 내 호법을 서주길 바래."

칼스타인의 말을 들은 케론은 환한 미소를 지으며 큰 소리를 쳤다.

"당연하지요. 저만 믿어 주십시오! 하하."

반면 에이나는 칼스타인에게 그랜드마스터로 진입할 장소에 대해서 질문을 던졌다.

"그럼 어디서 시도를 하실 건가요?"

흐뭇한 표정으로 칼스타인을 지켜보던 성소현은 에이나의 질문에 어리둥절한 표정으로 반문을 하였다.

"여기서 하는 거 아냐? 어딜 가야하는 거야?"

성소현의 물음에 칼스타인은 그녀를 바라보며 대답해 주었다.

"강제로 주변 마나를 끌어들이는 것이니 여기서 하기엔 위험부담이 있지. 코어에 어떤 식으로 영향을 줄지도 알 수 없고. 그래서 성채 앞에서 할 생각이야. 아무래도 하루 종일 전투를 벌였던 곳이니 잔류마나가 많이 남아 있을 테니까."

칼스타인은 단지 마나증가제의 마나만을 흡수할 생각은 없었다. 그것만으로는 그랜드마스터에 오르는데 필요한 마나를 조달 할 수 없었기 때문이었다.

마나증가제는 일종의 촉매처럼 단전을 자극하기 위해서 사용하는 것이고, 지금 그가 노리는 것은 전장의 마나였다.

사실 전장의 마나를 흡수하려는 생각은 전부터 있었고, 실제로 시도해보기도 하였는데 마나증가제와 같은 촉매 없이는 단순 수련에서 얻을 수 있는 마나와 큰 차이가 없었다.

그래서 칼스타인은 이번의 시도에 큰 기대를 걸고 있었다. 만일 그 생각대로 이루어진다면 분명 그랜드마스터를 이룰 수 있을 것이었다.

칼스타인의 대답을 들은 에이나는 역시라는 표정으로 고개를 끄덕이며 말했다.

"그렇군요. 저도 그 곳을 추천해 드리고 싶었습니다. 곧 사라지겠지만 지금은 그 곳이 마나가 가장 풍부할 테니 말입니다. 그럼 제가 다른 사람들의 눈을 피할 수 있도록 은신 마법진을 펼쳐 놓도록 하겠습니다."

"그래 주면 좋고. 그럼 바로 시작하지."

자신의 승급을 집결지의 헌터들에게 숨길 필요는 없었

지만, 굳이 이렇게 공개적으로 할 필요도 없었다.

공개적으로 할 경우 승급 도중 방해를 혹시 모르는 방해를 받을 수 있다는 생각을 한다면 비공개로 하는 것이 당연한 귀결이었다.

그래서 칼스타인은 에이나가 은신 마법진을 펼친다는 말에 승낙의 의사를 표현하였다.

그 말을 마지막으로 다들 일어서려고 하는데 성소현이 말을 꺼냈다.

"응? 지금 바로 가는 거야? 이제 전투 끝났는데 좀 쉬었다가 하는 게 좋지 않겠어?"

"에이나가 이야기한 것처럼 지금 전장의 마나는 조만간 사라질 거야. 할 거라면 빠르면 빠를수록 좋지. 그리고 네가 치유 이능을 하도 써줘서 지금 가뿐해. 고마워."

고맙다는 칼스타인의 말에 성소현은 아까 전의 생각이 났는지 얼굴을 붉혔고, 케론은 그 모습이 보기 좋다는 듯 껄껄 웃음을 터트렸다.

대화를 마무리한 칼스타인은 성소현은 셀리나와 함께 숙소에 둔 뒤, 케론과 에이나와 함께 성벽을 빠져나와 아까 전 전투가 벌어졌던 전장으로 향했다.

얼마 전까지 치열한 전투가 벌어졌던 전장은 깨끗했다.

물론 여기저기 흩뿌려진 인간의 붉은 피와 드라고니안의 푸른 피를 생각하면 깨끗하다 할 수는 없었지만, 한 구의 시체도 보이지 않아 멀리서 본다면 마치 붉고 푸른 물감을 뿌려놓은 것과 같은 모습만을 보였다.

대전 속의 세상에서는 시체는 오래 남아 있지 않았다. 사망 직후에는 시체가 남아 있으나 무슨 이유인지 십여 분의 시간이 지나면 시체는 빛 가루를 뿌리면서 사라졌기 때문이었다.

드라고니안만 그렇게 사라진다면 그 종족의 특성으로 볼 수 있겠지만, 인간의 시체 역시 같은 방식으로 사라졌기에 이 세상의 특성으로 판단되었다.

그리고 아직은 누구도 그렇게 시체가 사라지는 이유에 대해서 알지 못하고 있었다.

"여기가 좋겠군."

기감이 가장 민감한 칼스타인이 장소를 정하자 에이나 역시 고개를 끄덕이며 대답했다.

"그렇네요. 일단 여기 반경 백미터 정도 규모로 은신마법진을 펼치겠습니다."

애초에 성채를 나올 때부터 세 명은 에이나의 투명마법에 의해서 모습을 감춘 상태였다. 그리고 각자가 기감도 숨겼기에 그들이 나온 것을 확인한 자들은 거의 없었을 것이었다.

"좋아. 마법을 다 펼치면 신호를 해줘."

칼스타인의 말에 에이나는 마법진을 펼치기 시작하였다. 대놓고 하는 것이 아니라 은밀하게 마법진을 그리는 것이다보니 생각보다 시간이 걸렸다.

그 동안 칼스타인은 가부좌를 틀고 명상을 통해 내부의 마나를 정돈하였다.

그리고 단지 내부 마나를 가다듬는 것에 그치지 않고 주변의 마나 상황을 확인하며 자신이 그랜드마스터에 오르는 것에 필요한 마나량을 가늠하였다.

지금 주변에 흩어져 있는 방대한 마나 중 십분지 일이라도 끌어올 수 있다면 그랜드마스터가 되는 것에는 무리가 없을 것이었다.

하지만 [나스론의 중급 마나증가제]가 촉매로서 어느 정도의 역할을 해 줄지 알 수 없기에 확신할 수 있는 상황은 아니었다.

"다 끝났습니다. 이제 시작하셔도 됩니다."

굳이 에이나가 말을 하지 않아도 마법진의 발동은 느낀 칼스타인은 준비가 끝난 것을 알 수 있었다.

가볍게 에이나와 케론에게 고개를 끄덕인 칼스타인은 준비해 두었던 마나증가제를 섭취하였다.

꿀꺽꿀꺽~

마나증가제는 청량한 맛을 지닌 보라색 물약이었다. 칼스타인은 이미 하급 마나증가제를 복용해 본 경험이 있어 그 맛이나 향은 익숙하였는데, 이번엔 중급이라서 그런지 하급보다는 좀 더 진하다는 생각을 하고 있었다.

마나증가제의 복용을 마치고 얼마 지나지 않아 약효에 따라서 단전이 자극을 받으며 약간의 수축과 팽창을 하기 시작하였다.

두근! 두근! 두근!

마치 심장이 뛰는 것처럼 단전이 박동하기 시작하였고 그 움직임에 따라서 주변의 마나가 출렁이기 시작하였다.

원래 마나증가제는 이런 현상을 발현하는 물약은 아니었다.

단지 단전을 자극하고 주변의 마나 일부와 함께 증가제의 약효를 받아들이는 정도의 효능을 갖고 있었는데, 칼스타인이 이 증가제의 효능을 확대해서 이용하는 것이었다.

우웅~ 우웅~

마치 진자의 진폭이 커지듯이 칼스타인을 중심으로 마나의 파장은 점점 더 커져 나갔고, 어느 순간 임계를 돌파하였는지 에이나가 펼쳐 놓은 은신 마법진까지 깨어져 버렸다.

다만, 에이나는 이런 상황을 대비하여 하나의 마법진만을 펼쳐 놓은 것이 아니라 세 겹의 마법진을 펼쳐놓은 상태라 마법진 하나가 파훼되었다고 해서 바로 은신이 깨어지지는 않았다.

케론이 주변의 상황을 살피고, 에이나가 마법진을 정비하는 동안 칼스타인은 자신의 내부를 깊게 관조하고 있었다.

다만, 무아지경(無我地境)의 상태는 아니었다. 보통 경지를 뛰어넘는 깨달음을 얻는 경우는 무아지경에 드는 경우가 많았지만, 지금 칼스타인은 깨달음을 얻는 것이 아니었다.

원래의 경지를 찾아가는 것일 뿐이기에 현재 스스로의 상태를 너무나 잘 인식하고 있었다.

'음… 역시 생각했던 것보다 촉매가 약하군.'

칼스타인은 하급 마나증가제를 복용하며 중급 마나증가제의 효력을 추정하였었고, 그 추정 결과 중급 마나증가제 정도면 촉매로서의 역할을 다할 수 있을 것이라 생각하였다.

이런 계산은 중급 마나증가제의 가치가 100만 포인트라는 추측에서 나온 것인데, 뜻밖에도 중급 마나증가제는 50만 포인트에 불과하였다.

물론 50만 포인트이기에 그 효과가 생각했던 것의 절반이라는 것은 아니었지만, 최초 생각했던 것보다 효력이 적은 것은 어쩌면 당연한 귀결이었다.

'하나 정도만 더 있으면 딱 좋겠지만… 지금은 그걸 바랄 수 있는 상황은 아니니….'

한 명의 대전사가 죽은 지금 나머지 두 대전사가 언제 방어전에 참여할지 알 수 없었다.

게다가 주둔지 공략까지 해야하는 상황이니 여유 있게 포인트만을 모을 수 없는 상황이었다.

결심을 한 칼스타인은 주변으로 서서히 기감을 넓혀가며 주위의 마나를 장악하기 시작하였다.

마나를 장악하는 것이야 촉매 따위가 없어도 가능한 부분이었지만, 이질적인 다양한 마나를 자신의 단전으로 이끌어 원래의 마나와 합일 시키는 부분은 촉매가 필요한 부분이었다.

과거 홍지희에게서 마나를 흡수할 때에는 그녀의 마나 성질이 그런 촉매 역할을 해 주었기에 별다른 촉매가 필요 없었지만, 지금 칼스타인이 받아들일 마나는 수백 수천 종의 다양한 마나였기에 합일에 필요한 촉매가 없이는 단순한 외부의 기운에 그칠 것이었다.

두쿵! 두쿵!

칼스타인이 외부의 마나에 자신의 마나를 섞어가기 시작하며 주변의 마나파장은 더 큰 울림을 가지고 떨리기 시작하였다.

마나의 떨림이라 실제 소리가 나는 것은 아니었지만, 파장의 범위 안에 있는 사람이라면 몸의 실제 몸의 떨림을 느낄 수 있을 정도였다.

'으윽….'

집중에 집중을 거듭하여 마나를 컨트롤 하던 칼스타인이 울컥 터져나오는 신음을 삼켰다.

턱없이 부족한 촉매로 수천종의 마나를 녹여내려고 하니 무리가 갈 수밖에 없는 상황이었다.

신체의 내구성 또한 헤스티아 대륙에 있는 본신에 비하면 보잘 것 없는 상태이기에 그 부담은 더 컸다.

하지만 멈출 수는 없었다.

두쿵! 두쿵!

칼스타인을 중심으로 인근의 마나가 호흡하듯이 그에게 모여들었다가 퍼졌다가를 반복하였고 그 범위는 점점 넓어지고 있었다.

아직은 칼스타인이 그 범위를 제어하고 있었지만, 그 제어를 놓치는 순간 마나는 사방으로 퍼져버리고 마나증가제의 효용은 그것으로 끝날 것이었다.

지금 칼스타인은 자신이 이 촉매로 컨트롤 할 수 있는 마나의 마지막 간극을 보고 있었다.

'아직은 부족하다… 으윽… 조금만 더… 조금만…'

중급 마나증가제로 컨트롤 할 수 있는 마나의 한도를 넘어선 지는 오래 되었다.

하지만 지금의 마나만으로는 그랜드마스터에 오르기는 힘들었다. 그렇기에 칼스타인은 무리라는 것을 알면서도 조금 더 마나를 끌어당기고 있었다.

쿠웅! 쿠웅!

주변의 마나장이 파르르르 떨리면서 에이나의 두 번째 결계가 깨어졌을 때 칼스타인은 때가 되었음을 본능적으로 알아차렸다.

'후으흡! 핫!'

원래라면 단전으로 스며든 마나는 다시금 퍼져 나갔어야 했는데, 이번에는 칼스타인이 강력한 의념으로 그 마나를 자신의 단전에 부여잡았다.

동시에 혼원무한신공과 중급 마나증가제라는 촉매를 이용하여 자신의 이질적인 마나를 자신의 마나로 녹여내기 시작했다.

'으윽…'

무리한 마나 통제에 속에서 핏물이 솟구쳤고 칼스타인의

앙다문 입가로 줄줄 피가 새어나와 그의 가슴팍을 적셨다.

갑자기 칼스타인이 피를 흘리자 옆에 서 있던 케론은 깜짝 놀랐지만, 소리를 내거나 칼스타인을 건들지는 않았다. 그 역시 지금이 중요한 순간임을 알았기 때문이었다.

내장이 뒤틀리는 것과 같은 고통 속에서도 칼스타인은 마나의 통제를 놓지 않고 있었다. 아니 놓을 수가 없었다.

지금 마나통제를 포기하는 것은 몸 속에서 폭탄을 터트리는 것과 다르지 않았기 때문이었다. 살아남기 위해서라도 더 적극적으로 마나 통제를 해야하는 상황이었다.

'흐아압!'

중급 마나제의 미약한 기운이 곧 꺼질 듯이 흔들릴 때 칼스타인은 자신의 전 마나를 다 끌어당겨 이종(異種)의 마나를 흡수하였다.

자신의 몸이 내외부의 마나의 압력에 찢어질 것 같은 느낌을 받자, 칼스타인은 순간적으로 몸을 보호 할 수 있는 리하트식 마나수련법을 사용하고 싶었다.

하지만 그래서야 간신히 목숨을 건질 뿐, 그랜드마스터는 되지 못할 것이었다.

승부는 혼원무한신공, 즉 에르하임식 마나수련법으로 내야했다. 아니 애초에 혼원무한신공이 없었다면 시도조차 못했을 방법이었다.

그렇게 극도의 고통 속에서 혼원무한신공의 화(和)자결이 극도로 운용되며, 조금씩 조금씩 이질적인 마나가 칼스타인의 본신의 마나와 융화되었다.

그리고 그 마나가 임계를 넘은 순간 칼스타인은 내부의 폭발을 느낄 수 있었다.

콰앙!

전신의 마나로드가 개방되며 마나홀을 통해 정화된 마나가 온 몸으로 흘렀다.

지금까지 느껴지던 답답함이 가신 부족함이 없는 마나였다.

물론 그랜드마스터에 갓 오른 것이기에 마나의 절대량을 따지면 그랜드마스터에 오랫동안 머물렀던 자들에 비해서 부족할 것이었다.

하지만, 자신의 능력과 실력을 믿는 칼스타인은 검강만 자유로이 사용할 수 있다면 어떤 그랜드마스터를 만나더라도 자신이 밀릴 것이라는 생각이 들지 않았다.

다만, 지금의 상태에서는 검강이 한계였다. 예컨데 마스터 시절에는 마나의 집중을 통해서 순간적으로 검강을 사용할 수 있었지만, 그랜드마스터에 올랐다고 해서 광검을 일시적으로 사용할 수는 없다는 것이었다.

그것은 검강은 마나량과 마나의 통제력이 일정 이상 수준이 되면 발현할 수 있지만, 광검은 그런 메커니즘이 통하는 기술이 아니기 때문이었다.

광검, 라이트 소드는 마나의 본질에 대한 이해가 선행되어야 하는 기술이고 경지였다.

비록 칼스타인이 지구의 마나를 통해서 그랜드마스터의 경지까지 올라왔지만, 아직 그 마나의 본질을 이해하는 상태에 이르지는 못하였다.

따라서 아무리 그랜드마스터에 올랐다 하더라도 지구에서 광검, 즉 라이트 소드를 사용할 수는 없었다.

'지구에서 라이트 소드를 사용할 수 있다면 본신의 힘을 거의 다 낼 수 있다는 말과 다르지 않으니⋯ 만일 이곳에서 라이트 소더에 오른다면 막혀 있는 그 벽을 뚫을 수 있을지도⋯.'

처음 지구에 올 때부터 칼스타인은 이곳에서 라이트 소더가 되는 것이 새로운 경지로 나아갈 수 있는 길이라고 느끼고 있었다.

헤스티아 대륙에서 라이트 소더가 되었을 때에는 마나의 본질을 깨달으며 그것이 절대 진리인 양 생각을 하였는데, 지구에서 전혀 다른 성질의 마나를 만나면서 그 생각은 깨어졌다.

아직은 같은 본질을 가진 마나가 다른 성질을 띠는 것인지 아니면 완전히 다른 본질의 두 가지 마나가 있는 것인지 알 수는 없지만, 어떤 식으로든 그 끝에 다다르면 벽을 너머서는 방법이 있을 것만 같았다.

칼스타인이 생각을 거듭하는 동안 그의 몸은 새로운 국면을 맞이하고 있었다.

우지직~ 우드득!

그간 쌓였던 몸속의 노폐물이 기화(氣化)되어 날아가고 근골 역시 미세하게나마 바뀌었다.

마스터의 육체가 검기를 사용하는데 최적화 되어 있다면, 그랜드마스터의 육체는 검강을 발현하는데 최적화 되어 있기에 그 차이를 메우기 위해서 몸이 바뀌는 것이었다.

그렇게 칼스타인의 근골이 변화하는 동안 성채에서 몇몇 사람들의 기척이 느껴졌다.

에이나의 마지막 결계가 칼스타인이 그랜드마스터에 오를 때의 압력에 의해서 사라졌기 때문에 일행의 은신이 풀려버렸기 때문이었다.

은신결계는 단순히 시각을 차단하는 것에 그치지 않고

기감을 차단하는 기능까지 있었기에, 그것이 없어진 지금 칼스타인을 중심으로 하는 막대한 마나 파장이 숨겨지지 않고 그대로 드러난 상태였다.

처음에는 드라고니안의 공습으로 생각했던 지구의 헌터들은 생각지 않은 칼스타인과 그 일행의 모습에 잠시 당황하였다.

하지만 몇몇 베테랑 헌터들을 중심으로 빠르게 상황이 전달되었다.

바로 칼스타인, 그들이 아는 이름으로는 이수혁이 그랜드마스터에 올랐다는 사실이 말이다.

❖

"그래서 자네 혼자 가겠다는 건가?"

"그렇습니다."

"허어…."

칼스타인의 단호한 말에 팽도강은 장탄식을 내뱉었는데 끝까지 함께 한다는 소리는 하지 못하였다.

칼스타인이 그랜드마스터에 올랐다는 소식이 퍼진 후그가 숙소로 돌아왔다는 것이 알려지자 현재 아르카디움에는 주력 길드의 장들이 칼스타인의 숙소로 모여든 상황이었다.

그리고 조금 전 칼스타인은 홀로 라파칸족의 주둔지 라파이움의 코어를 부수겠다는 선언을 한 상태였다.

"뭐 굳이 따지자면 혼자는 아닙니다. 여기 리나와 함께 갈 테니 말입니다."

칼스타인의 말을 듣고 있던 셀리나는 살짝 스파크를 일으키면서 기쁨을 표시하였다.

케론, 에이나 그리고 성소현 보다 자신을 선택해 준 칼스타인이 고마웠던 것이었다.

반면 성소현은 걱정스러운 표정으로 칼스타인을 바라 볼 뿐이었다.

사실 케론도 그렇고 에이나도 그렇고 성소현까지 칼스타인이 이런 이야기를 하였을 때 혼자가 아닌 모두 함께 가자는 제안을 하였었다.

하지만 셋이 움직이는 것보다 혼자 가는 것이 훨씬 편하고 안전하다는 칼스타인의 말에 셋 모두 반박의 말을 하지는 못하였다.

단순히 느껴지는 기파만 보아도 칼스타인의 압도적인 무력이 느껴졌기 때문이었다.

그리고 그의 말처럼 행여 적진에서 자신들이 위기에 처한다면 자신들을 구하기 위해서 칼스타인이 위험을 무릅써야 할지도 모르기에 계속 고집을 부릴 수도 없는 노릇이었다.

다만, 셀리나는 칼스타인이 언제든 소환은 해제할 수 있는 소환수이고, 주둔지까지 가는데 이동수단으로 사용할 수 있기에 함께 하기로 하였었다.

팽도강 뿐만 아니라 다른 헌터들 역시 칼스타인의 계획에 안도 반 걱정 반의 표정으로 한 마디씩 거들었다.

먼저 입을 연 것은 장찬 파티를 이끄는 장찬이였다.

"이 군이 벽을 넘어선 것은 우리 집결지 전체의 복이라할 수 있겠지. 검강지경의 무력을 감히 내가 가늠할 수는 없겠지만, 무리해서 홀로 나서는 것보다 조만간에 올 특임대를 기다리는 것이 낫지 않겠나?"

장찬의 말이 끝나자마자 트롱 길드의 길드장인 트롱이 그 말을 거들었다.

"장형의 말이 맞지. 굳이 그런 위험을 감수할 필요는 없지 않나? 이제 방어전도 중반에 접어들었는데 안전하게 가세나."

이들의 말은 겉으로 보기에는 칼스타인을 위해주는 것 같지만, 그 속내는 자신들의 안전을 위해서 칼스타인이 계속 집결지에 남았으면 하는 것이었다.

즉, 그랜드마스터인 칼스타인이 있다면 방어전에서 거의 피해가 없을 것이지만, 칼스타인이 주둔지로 향한 사이에 방어전이 시작되면 당연히 전과 같은, 아니 칼스타인이 한 역할을 생각해본다면 전보다 훨씬 큰 피해가 발생할 가능성이 높았다.

그렇기에 칼스타인을 잡아두고자 하는 것이었다. 다만, 팽도강은 그런 발언이 너무 속보인다고 생각했는지 얼굴을 붉히며 아무런 말을 하지 않고 있었다.

문제는 칼스타인이 그런 내심을 다 짐작하고 있다는 것이었다. 그리고 그런 만큼 그들의 의견을 따라줄 생각은 없었다.

"말씀은 고맙습니다만, 제 생각은 그대로입니다. 내일 날이 밝는 대로 바로 출발 하겠습니다."

단호한 칼스타인의 말에 추가적인 제지는 없었다. 더 이상 할 말이 없다는 듯 입을 다문 칼스타인을 보고 그의 숙소에 모였던 길드장과 파티장들은 건투를 빈다는 말을 남기고 뿔뿔히 흩어졌다.

외부인들이 다 사라지고 나자 성소현이 칼스타인에게 말했다.

"수혁아. 저 분들 말처럼 특임대인가 뭔가 하는 사람들이 오고나면 함께 처리하면 안 될까?"

"안 될 건 없지. 하지만 대량의 포인트를 거저먹을 수 있는 상황에서 굳이 그들에게 포인트를 넘겨줄 필요는 없잖아.

"이제 그랜드마스터라는 높은 경지에도 올랐는데 포인트가 또 필요한 거야?"

"일단 포인트가 모이면 상급의 마나증가제도 한 번 사 보려고 해."

"그랜드마스터가 되면 굳이 증가제가 없어도 된다 하지 않았어?"

"중급으로 올린다고 다소 무리하게 진행하였더니 마나홀이 생각보다 작아서 말이야. 충만한 마나를 채워놓아야 새로운 깨달음이 왔을 때 잘 대응할 수 있지 않겠어?"

"아⋯."

스스로의 필요에 의해 공략에 나선다고 하니 그녀로서도 더 이상 말릴 명분이 없었다.

그런 그녀의 걱정스러운 표정을 본 칼스타인은 그녀의 머리를 쓰다듬으며 나직하지만 힘있는 목소리로 말했다.

"어디 가서 잘못될 일 없으니까 너무 걱정하지 마."

"그⋯ 그렇지만⋯."

"괜찮다니까. 이리와 봐."

칼스타인은 계속 걱정 어린 표정으로 자신을 바라보는 성소현을 자신의 품 안으로 당기며 속삭였다.

"걱정해줘서 고마워. 하지만 걱정할 필요가 없을 거야. 그 정도 힘은 생겼어."

하지만 지금 성소현은 칼스타인의 말이 들리지 않았다. 온 몸이 심장이 된 것처럼 심장박동 소리가 온 몸에서 들려오는 것 같았기 때문이었다.

그렇게 칼스타인의 품속을 느끼던 성소현은 그가 자신을 놓자 일말의 아쉬움까지 느꼈다.

"그… 그래 잘 다녀와. 나… 나 먼저 들어갈게…."

자신이 무슨 말을 하는지도 모르는 채 허둥거리던 성소현은 붉어진 얼굴을 감추지도 못하고 자신의 방안으로 들어가 버렸다.

그런 성소현의 반응에 케론은 너털웃음을 지으며 말했다.

"허허. 귀여운 아가씨군요. 혹시 주군의 짝이 되실 분입니까?"

"글쎄. 아직은 잘 모르겠지만, 저 순백의 영혼에 호감을 갖지 않을 사람은 없겠지. 나를 포함해서 말이야."

"호오. 그렇군요."

케론은 아직 영안이 열리지 않아서 영혼의 색까지는 볼 수 없었지만, 그런 것이 있다는 것은 알고 있었다. 그리고 순백의 맑고 깨끗한 영혼은 아주 드물다는 것 또한 알고 있었다.

"어쨌든 내가 자리 비운 동안 에이나와 소현이 잘 지켜 줘. 케론."

"저만 믿으시지요. 대장님. 하하하."

호탕한 웃음 소리를 내며 자신의 가슴을 치는 케론을 보며 에이나가 조용히 말을 받았다.

"제가 덜렁거리는 케론 경을 잘 보필하겠습니다."

"에이나!"

둘이 지구에 와서 친구처럼 지낸지도 꽤나 시간이 지났기에 이런 농담 정도는 자연스러웠다.

"하하. 그래 에이나가 있으니까 더 안심이군. 그럼 다들 쉬어."

아침에 일어난 칼스타인은 평소와 다름없이 간단히 식사를 마친 후 예고했던 대로 주둔지 파괴 임무를 수행하러 길을 나섰다.

본신으로 변한 셀리나의 등에 탄 마치 유람을 하듯이 편안한 표정으로 라파칸 족의 주둔지 라파이움으로 향했다.

서너시간이 지났을 무렵 칼스타인은 전방에서 느껴지는 거대한 규모의 기감이 느껴졌고, 이어서 셀리나의 말이 들려왔다.

[오빠. 저기가 주둔지에요. 가운데 솟은 첨탑 위에 푸른 차원문이 그 코어인 것 같구요.]

"그런 것 같군."

지금 칼스타인은 주둔지 라파이움이 육안으로 보이는 자리까지 다가왔다. 코어에서 뿌리는 기운 때문인지 그 내부 구성원들까지는 외부에서 확인되지 않았는데, 얼핏 보아도 수천이상의 마스터가 있는 것 같아보였다.

"방어전이 시작되지 않아서 그런지 병력이 많군."

[그러게요. 그런데 오빠 어떻게 코어를 파괴하실 거에요? 아무리 한 등급 낮은 마스터라고 하더라도 수백 수천이 덤벼들면 오빠도 위험해 지실 수 있을 텐데요.]

광검지경 정도가 되면 수백수천의 마스터라도 쓸어버릴 수 있을 테지만, 검강지경으로는 그 정도 숫자의 마스터를 홀로 상대할 수는 없었다.

그렇기에 칼스타인은 나름의 방법을 강구해 놓고 온 상태였다.

"정면으로 맞서 싸우면 그렇겠지."

[네? 정면으로 싸우지 않으면….]

"별 거 아냐. 유인을 통해서 잡을 거라는 거지."

모두를 상대할 수 없다면, 자신이 상대할 수 있는 적만 불러내면 될 것이었다.

저 곳에서 자신보다 빠른 발을 갖고 있을 사람은 없다고 판단되었다.

그래서 벨로스 소드를 뽑아든 칼스타인은 검에 한껏 마나를 불어넣었다. 어느새 검강을 맺은 벨로스 소드는 칼스타인이 이끄는 기의 흐름에 따라서 검극에 아이 주먹만한 크기의 검환(劍丸)을 생성하였다.

검강이 극도로 응축된 것이라 그 파괴력은 상상을 초월할 것이었다.

칼스타인이 검환을 만든 것을 확인한 셀리나는 순간 초고속 비행을 펼쳐 아른아른 할 정도로 멀리 있던 주둔지에 마치 워프를 하듯 날아갔다.

초음속 비행이었지만 칼스타인의 동체시력을 방해할 정도는 아니었다. 갑작스러운 셀리나의 등장에 드라고니안 전사들이 공격 태세를 준비하는 동안 칼스타인은 타겟을 확인하고 검환을 날렸다.

쾅앙!

칼스타인의 검환이 주둔지의 코어를 직격한 것이었다. 정확히 말하면 검환은 코어의 방어막을 타격하였다.

하지만 보통의 가치를 가진 코어가 아니었기에 그 방어막조차 검환 한 방에 터지지는 않았다.

'전력으로 세 번 정도만 더 때리면 방어막은 뚫을 수 있겠는데?'

검환이 터질 때 느껴지는 반발력으로 가늠해 보니 조금 전과 같은 검환 세 번이면 방어막은 파훼할 수 있을 것이라는 감이 왔다.

다만, 코어의 내구력은 아직 파악할 수 없었기에 방어막이 아닌 코어 자체를 부수는 데 얼마의 힘이 들지는 가늠할 수 없었다.

어쨌든 갑작스럽게 벌어진 상황에 드라고니안 전사들은 즉각적인 대응을 하지는 못했다.

그 사이 이미 칼스타인을 태운 셀리나는 다시금 코어의 범위를 벗어나서 저 멀리 사라지고 있었다.

그 때 파루스와 같은 판금갑옷을 입고 덩치 큰 드라고니아의 전사가 주위를 향해 괴성을 질렀다. 차림새를 보아 이들도 파루스와 같은 대전사가 분명하였다.

두 대전사의 외침과도 같은 명령에 수백여명의 드라고니안 전사가 비행형 몬스터를 타고 칼스타인의 뒤를

쫓기 시작했다.

비행형 몬스터들의 모습은 다양했다. 드레이크와 비슷한 모습의 용족형 몬스터부터, 메탈이글과 같은 조류형 몬스터, 블러드 버터플라이를 비롯한 곤충형 몬스터까지 다양한 종류의 몬스터들이 칼스타인을 추적해왔다.

하지만 어떤 몬스터도 셀리나의 속도를 따라가지는 못하였다.

비행형 몬스터 중에서도 S급 몬스터들이 상당히 있었기에, 그 등급은 셀리나와 비슷하다고 할 수 있지만, 속도라면 누구에게도 지지 않을 전격형 소환수 썬더버드와 비견될 만한 몬스터는 소수에 불과하였다.

그리고 다행이라면 다행이지만 이곳에는 그런 소수의 몬스터는 없었다.

당연히 셀리나가 그들을 따돌릴 수 있는 상황이었지만, 한참을 날아가던 칼스타인은 그녀에게 뜻밖의 주문을 하였다.

[셀리나 속도를 떨어트려.]

[네? 그럼 따라잡힐 텐데요?]

비록 몬스터들이 셀리나를 따라잡지는 못하고 있지만, 셀리나 역시 여유 있는 상황은 아니었다.

A급 정도의 몬스터들은 이미 다 따돌려진 상태라 지금

쫓아오고 있는 몬스터들은 모두 S급 몬스터였다.

즉, 그녀 역시 전력을 다해서 날아가고 있다는 것이었다.

[따라잡히라고 그러는 거야. 아까 말 기억 안 나?]

[아! 그렇군요. 히히. 제가 깜빡 했네요.]

아직도 뒤에는 백여 개체 이상의 비행형 몬스터와 그 몬스터에 타고 있는 드라고니안 전사들이 강렬한 기세를 내뿜으며 따라오고 있었기에 셀리나는 도주하는데 전력을 다하고 있었다. 그녀 역시 다른 생각을 할 겨를이 없었다는 말이었다.

지금 드라고니안의 전사들은 다양한 비행형 몬스터를 타고 칼스타인을 쫓아오고 있었다.

그리고 종류가 다양하다는 말은 각각의 속도가 다르다는 말과도 같은 의미를 지녔다.

당연히 수백개체가 비슷하게 쫓아오는 것이 아니라 그 속도에 따라서 무리별로 간격이 발생한 상황이었다.

용족형 몬스터가 가장 빠르다보니 제일 선두에서 따라고오고 있었고, 조류형 몬스터나 곤충형 몬스터는 아직 보이지도 않은 상태였다.

셀리나가 서서히 속도를 줄이자 가장 선두에 있는 용족형의 몬스터 수십 개체가 백여미터 안 쪽 거리로 다가왔다.

S급 능력자에게 백여 미터면 지척이라고 할 수 있는 거리였다. 원거리 공격은 물론이고 허공을 한 두 차례 정도만 밟을 능력이 된다면 직접 공격까지 가능한 간격이었다.

 아니나 다를까 셀리나의 뒤에서 십수개의 강렬한 마나 파동이 발현되었다. 원거리 공격이 시작된 것이었다.

 마나탄과 마법들을 피해서 셀리나가 긴급기동을 하는 사이 드라고니안과 그녀 간의 거리는 더 좁혀졌다.

 거리가 좁혀진 만큼 피하기는 더 어려워졌다. 내심 이를 악문 셀리나가 도주를 멈추고 공격으로 돌아서려고 결심하였는데 칼스타인의 움직임이 한 발 빨랐다.

 셀리나의 등 위에서 뒤 쪽으로 몸을 돌린 칼스타인이 검을 휘두르며 외친 것이었다.

 "[광란무]!"

 벨로스 소드를 뽑아든 칼스타인이 검 안에 있는 내재 기술인 [광란무]를 사용한 것이었다.

 이제 그랜드마스터에 오른 칼스타인의 [광란무]는 마스터일 때와는 차원이 달랐다.

 물론 기술의 뼈대와 기본 마나는 검 안에 있는 내재마나로 사용하는 것이지만, 칼스타인이 그 개인의 마나를 덧붙인 이상 위력의 차이는 당연한 것이었다.

푸슈슈슈슉!

[광란무]의 구결대로 이끌려진 마나는 수백개의 칼날이 되어서 눈앞의 몬스터들을 향해서 날아갔다.

"@$!#@%$!"

"#$#$^&@!"

백여명의 드라고니안 전사들은 괴성을 지르며 칼날의 파편들을 막아내려 하였지만 검기가 아닌 검강이 실린 일격을 그들이 막아내기란 요원한 일이었다.

다만, 범위 공격이다보니 하나하나를 컨트롤 하지 않아 십수명의 전사들은 공격을 피했고, 공격은 맞은 전사들도 치명상이 아닌 경우들도 더러 있었다.

하지만 이 일격에 반수 이상의 전사들은 전투 불능이 되어 버렸다. 그리고 반수 이상의 몬스터들도 더 이상 하늘을 날지 못하거나 속도를 올리기 힘든 상황이 되어 버렸다.

[역시 그랜드마스터의 경지네요! 대단해요!]

셀리나는 감탄했다는 듯 칼스타인에게 심어를 전달했지만 칼스타인의 마음은 탐탁치 않았다.

'생각보다는 마나소모가 큰 데?'

내재마나를 사용했다하더라도 마나줄기 하나하나에 칼스타인의 검강을 담았기에 마나소모는 클 수밖에 없었다.

그러나 그 소모된 마나의 양이 칼스타인의 생각보다는 컸다.

'아무래도 무리하게 승급을 하다보니 마나홀의 크기나 효율의 생각보다 올라오지 않았나 본데….'

정상적으로 마나를 모아서 승급했다면 벌어지지 않았을 일이었지만, 칼스타인에게 후회는 없었다.

지금은 그랜드마스터로서의 능력이 필요한 때였다. 그리고 이렇게 승급한 것만으로도 상당한 운이 따른 것이었기에 이 정도의 문제는 충분히 감내 할 만하였다.

'뭐 효율은 다소 떨어지겠지만 어쩔 수 없지… 향후에 마나를 모은다면 다시금 마나홀을 정비해야겠어.'

마나홀의 재정비는 최초의 승급보다 훨씬 더 많은 마나가 필요하겠지만, 이미 그랜드마스터가 된 이상 그 정도 마나를 구하는 것은 크게 어렵지 않을 것이었다.

지금만 하더라도 수십의 드라고니안 전사와 몬스터들은 일격에 격살하지 않았던가.

굳이 이곳이 아니라 지구로 돌아간다고 가정 하더라도, 몬스터 웨이브가 나타났던 대륙단위의 대규모 레드존에 간다면 손쉽게 S급 마정석을 조달할 수 있을 것이었다.

칼스타인이 생각을 하는 동안 대열을 정비한 드라고니아 전사들은 칼스타인을 향해서 매서운 공격을 뿜어내기 시작했다.

"@#$^#~!"

괴성과 함께 새빨갛게 타오르는 검기를 두른 드라고니아 전사가 칼스타인을 향해 검을 내질렀고,

화르륵 하는 불타는 소리를 내며 붉은 색을 넘어 푸른 빛을 띠는 화염구가 셀리나에게 날아왔다.

동시에 염력이 발동되었는지 공간을 억압하는 듯한 압력이 뿜어져 나오는 등 쉽사리 상대하기 힘든 공격들이 사방에서 쏟아져 나왔다.

마스터 시절이었다면 아무리 순간적으로 검강을 사용할 수 있다하더라도 막아내기 힘든 공격이었다.

하지만 지금 칼스타인은 마스터가 아닌 그랜드마스터였다. 검강을 자유자재로 사용가능한 경지라는 것이었다.

그리고 그랜드마스터에 오른 이상 또 하나의 무기가 더 있었다. 바로 초월의 영역 또한 업그레이드 되었다는 것이었다.

수많은 공격이 들어오는 것을 보는 칼스타인의 집중력이 올라갔고 이내 초월의 영역에 진입하였다.

직접 공격을 해오는 드라고니안의 전사들 역시 초월의 영역에 있었으나 그들이 있는 초월의 영역과 그랜드마스터에 있는 칼스타인이 있는 초월의 영역은 그 격이 달랐다.

칼스타인의 눈에는 초월의 영역에 들어가 있는 드라고니아의 전사들 역시 그리 빠른 움직임을 보이지는 못하였다.

초월의 영역 밖에 있는 사람처럼 슬로우 모션을 보이는 것은 아니었지만, 그들보다 한 단계 위라 할 수 있는 초월의 영역에 들어가 있는 칼스타인은 손쉽게 그들의 공격을 피해내며 급소에 일격씩을 날렸다.

"#@%@#%!"

"@#$^%!"

"#@$^!"

칼스타인의 공격에 비명과 같은 괴성을 지르며 드라고니아의 전사들은 쓰러져 갔고, 그들이 타고 있던 몬스터 역시 같은 입장이었다.

그렇게 가장 앞서서 따라오던 백여명의 드라고니아 전사들과 몬스터를 처리하고 나자, 뒤늦게 삼백여 개체의 비행형 몬스터들이 나타난 것을 확인하였다.

"자. 천천히 포인트나 모아볼까?"

지금 나타난 삼백여 명과 조금 뒤에 올 백여 명의 드라고니아 전사들은 지금의 칼스타인에게는 좋은 포인트 원일 뿐이었다.

❖

"아까 그 놈이 그 놈 맞지?"

파루스와 동일한 판금갑옷을 입은 드라고니아의 대전사가 옆에 있던 대전사에게 말을 건넸다.

"그래 자카르. 멍청한 파루스가 마지막으로 보낸 영상에서 본 녀석이 맞다."

"파루스 그 놈은 문장파괴술 하나 써보지도 못하고 그렇게 죽어버리다니 우리 라파칸 족의 수치야 수치. 디칸 네 놈은 행여 죽더라도 후회 없게 문장파괴술이라도 써봐."

이죽거리는 자카르의 말에 디칸을 화를 내며 말했다.

"뭐? 자카르! 날 그 멍청한 파루스 놈과 같이 보는 거야? 네 놈이나 똑바로 해. 아까 전에 날린 오러캐논을 보니 베테랑 대전사의 경지 이상으로 보이던데 말이야."

"크큭. 아티팩트의 힘을 빌렸겠지. 그 짧은 시간에 그경지에 올랐겠어? 겁나나 보지, 디칸?"

자카르는 한 번 더 디칸을 자극하였고, 유치한 도발이 었지만 디칸은 분개하며 그의 도발에 넘어갔다는 것을 보여주었다.

"겁? 하. 네 놈이 저번 승급전에서 운 좋게 날 이겼다고 으스대는데, 다음 승급전에 보자. 뭐 이번 대전에서 네 놈 이 죽는다면 다음 승급전에 볼 일도 없겠지만 말이야."

"하하. 내가 죽었는데 디칸 네놈 따위가 살아남을 것 같으냐?"

한 동안 자카르와 디칸은 더 으르렁 거렸고, 그들의 입 싸움은 저 멀리서 날아오는 번개를 둘러싼 새가 등장할 때까지 이어졌다.

"뭐야? 도망친 거 아니었어?"

칼스타인을 태운 셀리나를 먼저 발견한 것은 자카르였 다. 자카르의 말에 디칸 역시 그 쪽 방향으로 기감을 집 중하였고, 이내 셀리나를 발견할 수 있었다.

"설마… 우리 전사들이 다 당한 것인가?"

대전사들은 마지막 모습을 동료에게 전송할 수 있었지 만, 일반 전사들에게는 그런 능력은 없었기에 자카르와 디칸은 전사들이 다 당했는지는 모르고 있었다.

"또 날아온다! 막아!"

"하압!"

자카르의 말에 디칸은 서둘러서 강력한 마나를 쏘아냈고 그 마나는 칼스타인이 날린 검환이 코어를 때리기 직전, 그것과 부딪히며 굉음을 터트렸다.

콰앙!

"자카르! 저 놈이 또 도망친다!"

"이번엔 내가 쫓아가지! 제 1전투비행대 따라오라!"

두 번에 걸쳐 코어를 노린 공격에 분개 하였는지 자카르는 셀리나를 향해 뛰어가며, 어디론가 마나파장을 쏘아냈다.

지금의 마나파장은 그가 말한 제 1전투비행대를 부르는 것이 아니었다. 전투 비행대는 그의 말이 떨어짐과 동시에 자카르를 따라가기 위해 각자의 드레이크에 타고 있었기 때문이었다.

쿠오오오!

자카르가 부른 것은 바로 자신의 탈 비행형 몬스터였다. 그의 파장에 호응하였는지 성채의 한 곳에서 평범한 드레이크보다 두 배는 큰 드레이크 한 마리가 자카르를 향해 날아왔다.

"가자! 케르토스!"

칼스타인은 저 멀리서 자신을 쫓아오는 한 무리의 드라고니안 전사들을 볼 수 있었다.

특히, 번쩍이는 판금갑옷을 입고 보통의 드레이크 보다 월등히 큰 드레이크를 타고있는 자카르는 확연히 눈에 띄었다.

'두 놈 중 한 놈은 따라 오는군.'

자카르는 얼핏 보기에도 저번에 해치웠던 파루스 보다는 좀 더 나은 실력자로 보였다. 하지만 그 차이는 크지 않았다.

'따라오는 숫자도 그리 많지 않으니 그리 멀리까지 유인할 필요는 없겠어.'

결정을 내린 칼스타인은 성채가 보이지 않는 정도까지만 유인하려고 하였지만, 상황은 칼스타인의 생각처럼 흘러가지는 않았다.

그것은 자카르가 타고 있던 드레이크 케르토스의 속도가 셀리나와 비견될 정도로 빨랐기 때문이었다.

자신을 따라오는 드레이크를 느낀 셀리나는 전력을 다해서 날아갔지만, 아크 드레이크 케르토스 역시 바람의 속성을 다룰 수 있었기에 셀리나의 전속력과 비등한 속도를 보일 수 있었다.

최고 속력은 셀리나가 빨랐지만, 평균 속력은 케르토스가 더 빨랐다. 결국 얼마 지나지 않아서 셀리나는 케르토스에게 따라잡히고 말았다.

따라잡혔다는 사실에 스스로에게 화가 난 셀리나는 마나 폭주를 일으켜서라도 다시 거리를 벌리려고 하였지만 들려오는 칼스타인의 심어에 생각을 접을 수밖에 없었다.

　[셀리나, 무리하지 말고 여기서 멈춰.]

　[네? 저 드레이크는 제쳐 두더라도 뒤에 따라오는 무리와도 거리를 벌리지 못했는데요? 그리고 주둔지와 거리도 얼마 멀지 않아서 지원 병력이 들이닥칠 수도 있구요.]

　[알고 있다. 하지만, 말한 대로 굳이 무리할 필요는 없어. 지원 병력이 오기 전에 저 정도는 충분히 처리 가능하니 말이야.]

　단호한 칼스타인의 말에 셀리나는 속도를 줄여 바닥에 내려앉았고, 그녀의 행동을 본 자카르는 드레이크 케르토스를 바닥으로 이끌었다.

　[역시 파루스를 해치운 놈이 맞군.]

　자카르는 파루스와 마찬가지로 칼스타인에게 텔레파시로 대화를 걸어왔다.

　[그걸 알고도 혼자 온 것인가?]

　[하하하. 나를 그 멍청한 파루스 놈과 같이 생각하는 것이냐?]

[뭐, 거기서 거기 아닐까? 이렇게 혼자 따라왔다는 것만으로도 크게 다르다는 생각이 들지 않는데 말이야.]

[후후. 그래 우리가 대화를 나눌 사이는 아니지. 나는 자카르다. 죽기 전에 알아나 두도록.]

혼자서도 칼스타인을 상대할 자신이 있었던 자카르는 굳이 몇 분 거리에 있는 제 1 전투비행대를 기다리지 않았다. 다만, 전투의 준비를 하였다.

왼손으로 오른쪽 가슴에 손을 올린 자카르는 무언가 중얼거리며 마나파장을 발현하였고, 그 파장에 따라서 그의 오른쪽 가슴에서는 붉은 색의 기이한 문양이 하나 떠올랐다.

고대 중국의 상형문자와도 비슷한 문양이었는데 드라고니안 고유의 문자인지 그 뜻을 알아 볼 수는 없었다.

그렇게 문양을 띄운 자카르는 한 번 더 왼손을 움직여 문양을 두들겼다.

파삭!

자카르의 손짓에 의해 부셔진 붉은 문양은 산산조각이 나더니 이내 붉은 먼지로 변하더니 자카르의 몸으로 흡수되었다.

"후우읍!"

먼지로 변한 문양을 흡수한 자카르의 몸은 지금까지의 연녹색에서 문양과 같은 붉은 색으로 서서히 변해갔다.

단순한 몸의 색깔 변화가 아니었다. 지금 자카르가 내뿜는 기파는 조금 전의 두 배 이상의 기운을 보이고 있었기 때문이었다.

원래도 마스터의 끝 단계라 할 수 있는 마나량을 갖고 있었기에 지금 자카르가 보이는 기파만 본다면 그랜드마스터 초입 정도의 무력이라해도 과언은 아니었다.

만일 칼스타인이 승급을 하지 않았다면 상당히 힘들 수도 있을 전투가 될 뻔했다.

그 말인 즉, 지금 승급한 칼스타인을 위협할 정도는 아니라는 말이었다.

'흐음. 이들도 한수가 있다는 것이군. 하긴 상급전사 중에서도 파루스 정도의 기파를 보이는 녀석들이 드물게 있었으니 대전사라는 이름을 붙인다면 그들보다는 나아야겠지.'

칼스타인이 어떤 생각을 하는지도 모르는 채 자카르는 호탕한 웃음을 지으며 붉은 색의 대검을 꺼내들었다.

[하하하. 멍청한 파루스 놈은 문장파괴술을 사용하기도 전에 네 놈에게 죽었지만, 난 다르다. 문장이 아깝긴 하지만 확실히 네 놈을 끝내야겠어.]

헌터정복기
이계황제 205

말을 마친 자카르는 번개처럼 칼스타인에게 날아들었다. 확실히 파루스에 비해서 월등한 속도였다.

마스터의 움직임을 벗어난 자카르는 2단계 초월의 영역에 들어가 있는 칼스타인 못지않은 움직임을 보여주었다.

챙챙챙챙챙!

순식간에 십수합을 주고 받은 칼스타인과 자카르는 잠시 거리를 벌린 후 각자의 검에 마나를 둘렀다.

조금 전에도 검에 마나를 주입하지 않은 것은 아니지만, 이제는 본격적으로 마나를 주입한 것이었다.

우웅~

당연히 칼스타인의 검에는 선연한 검강이 서렸는데, 그것을 보고 잠시 움찔한 자카르는 막대한 마나를 자신의 대검에 주입한 뒤 그것을 압축해내어 검강의 형상과 비슷한 압축검기를 발현하였다.

[흐흐. 역시 오러블레이드를 사용할 수 있군. 하지만 얼마나 갈까?]

자카르는 칼스타인이 의도적으로 자신의 기도를 일부 숨기고 있는 것을 아직 눈치채지 못하고 자신과 마찬가지로 무리해서 검강을 뽑아낸다고 생각하고 있었다.

무리하는 만큼 당연히 검강은 일시적인 것이라고 판단

하고 그 정도의 시간은 자신의 압축검기로 충분히 상대할 수 있을 것이라 생각했다.

하지만 그 생각은 그리 오래가지는 못했다.

쾅쾅콰앙~ 쾅!

자카르의 대검과 칼스타인의 벨로스 소드가 수차례 격돌을 하는 동안 칼스타인의 검강은 멀쩡한 반면, 자카르의 압축검기는 상당히 흔들려서 불안한 상태가 되었다.

그러나 자카르는 칼스타인이 검강을 사용할 시간이 그리 오래 남지 않았다고 생각하며 공세를 멈추지 않았다.

다시 십수차례의 공세가 이어졌고 자카르의 압축검기는 처음과는 달리 평범한 검기와 비슷한 정도의 일렁거림을 보여주고 있었다.

[크윽… 이 정도로 오러블레이드를 사용할 수 있다니….]

자신이 말하면서 무언가를 느낀 듯 자카르는 동공을 키우며 말을 이어갔다.

[서… 설마… 경지에 오른 것….]

[눈치가 느리군. 어쨌든 너희들의 검술은 구경 잘했다. 생각보다 수준이 높더군.]

칼스타인이 수십합을 주고 받았던 이유는 오로지 드라고니안 대전사들의 검술을 파악하기 위해서였다.

저번 파루스와의 대결에서는 그런 여유를 부릴 상황이 아니었기에 단칼에 그를 해치웠었는데, 경지에 오른 지금은 이 정도 여유는 충분히 부릴만 하였다.

더군다나 헤스티아 대륙에도 없는 문장파괴술이라는 기술 역시 칼스타인의 흥미를 자극하였기에 그와의 대결을 오래 끌고 간 것이었다.

칼스타인의 말에서 자신이 그를 잘못 평가 했다고 느낀 자카르는 자신의 주변을 둘러싸고 있는 제 1 전투비행단을 향해 외치며 뒤로 빠졌다.

"%#@@#%@!"

직접 이해할 수는 없었지만, 상황이나 분위기로 보아서 자신을 공격하라는 말임을 파악한 칼스타인은 오른손의 벨로스 소드를 왼쪽 옆구리로 위치 시킨후 무겁지만 빠르게 전면으 향해 휘둘렀다. 혼원단월(混元斷月)의 식이었다.

슈우우욱!

마치 종이가 베어지는 것과 같은 소리와 함께 칼스타인의 전면이 벨로스 소드가 지나간 선을 기준으로 일순간 상하로 두 조각이 나버렸다.

그 선에는 당연히 자카르의 몸도 포함되어 있었다. 심상치 않은 마나발현에 호신막을 한껏 펼쳤지만, 검강의 기운으로 발현한 혼원단월을 막아낼 수는 없었다.

두 조각이 난 것은 자카르뿐만이 아니었다. 대부분 그의 전면에 서 있던 드라고니안 제 1 전투비행단 역시 팔할 이상이 두 동강 나버린 것이었다.

공포에 질린 나머지 이할의 전투비행단이 그 자리를 달아났으나 칼스타인은 굳이 그들을 쫓지 않았다.

그것은 코어를 공격하며 주둔지를 두 번이나 살펴본 결과, 이제 한 명의 대전사만 더 잡아내면 코어를 터트리는데 방해될 만한 요인은 없었기 때문이었다.

수십 명의 전사들이 도망치는 것 정도는 전혀 대세에 영향을 미칠 수 없었다.

마무리를 위해서 다시 셀리나를 타려고 할 때 그녀의 심어가 들려왔다.

[오빠, 잠시만요.]

[음? 무슨 일이야?]

평소의 그녀답지 않게 칼스타인의 말에 반응도 하지 않은 채로, 셀리나는 혼원단월의 식으로 인하여 수많은 드라고니안의 시체가 있는 곳으로 걸어갔다.

정확히 말하면 그 시체 중에서도 아크 드레이크 케르토스의 시체로 향한 것이었다.

여전히 본체로 있던 셀리나는 반토막이 난 케르토스의

상반신을 뒤적거리더니 어른 머리통만한 돌을 꺼내어 부리에 물었다.

'마정석? 음…. 아니야 기운이 다른데?'

지금 셀리나가 물고 있는 돌, 아니 돌이라고 하기에는 무른지 셀리나의 부리 부분에 눌러 모양이 다소 일그러져 있었다. 어쨌든 그것은 분명 마정석과는 다른 성질의 구체였다.

사실 이곳의 몬스터들은 드라고니아 전사들과 마찬가지로 내부에 마정석이 없었다.

그래서 몬스터를 잡아보았자 별도의 가외 수입은 없었고, 시체마저 사라지기에 오로지 얻을 수 있는 것은 포인트뿐이었다.

그런 상황에서 셀리나가 꺼낸 구체는 상당히 특이하다 할 수 있었다.

[셀리나.]

칼스타인이 그녀가 꺼낸 구체를 가져오라는 지시를 하려고 할 때, 갑자기 셀리나는 그것을 꿀꺽 삼켜버렸다.

구체를 삼킨 뒤 잠시 비틀거리던 셀리나는 이내 고개를 숙이고 날개를 접더니 바닥에 풀썩 쓰러졌다.

갑작스러운 상황에 칼스타인은 서둘러 그녀에게 다가갔는데, 그 동안 그녀의 몸은 서서히 흐려지더니 본신에서 인간형으로 변해 버렸다.

"셀리나!"

셀리나는 보통 인간형으로 돌아가면 몸에 붙는 전투복 타입의 옷을 같이 생성시키는데 지금은 정신을 잃었기 때문인지 알몸인 상태였다.

여전히 기절해 있는 셀리나의 머리와 복부에 손을 올린 칼스타인은 그녀의 내부로 자신의 마나를 투사하였다.

'흐음… 이 기운은… 그렇군. 그래서 내말을 듣기도 전에 본능적으로 섭취했던 건가.'

지금 셀리나의 내부에서는 번개의 힘과 바람의 힘이 충돌하고 있었다.

조금 전 그녀가 먹었던 것은 마나가 응축된 마정석이 아닌 바람의 기운이 모여있던 바람의 정수(精髓)였다.

번개의 정령에 가까운 셀리나는 본능적으로 케르토스가 가졌던 바람의 정수에 이끌림을 느꼈고, 본능에 따라 그것을 섭취한 것이었다.

만일 케르토스의 기운이 평범한 것이었다면 굳이 기절할 것도 없이 쉽게 흡수할 수 있었을 테지만 그 기운이 셀리나의 기운에 비견, 아니 어쩌면 더 큰 상황이었기에 그녀는 그것을 흡수하기 위해 일종의 가사상태에 빠진 것이었다.

'다른 몬스터들에게는 이런 정수가 없었던 것을 보면, 이 정도 기운은 되어야 정수를 남길 수 있다는 것인가?'

생각을 하면서도 칼스타인의 손은 여전히 셀리나의 머리과 배에 있었고, 자신의 마나를 주입하여 바람의 힘을 제어하기 시작했다.

하지만 바람의 힘은 칼스타인의 생각보다 훨씬 더 거칠었다.

'생각보다 강력한 힘인데? 이건… 먹었다기 보다는 홀린 것에 가깝군.'

처음 칼스타인은 셀리나가 본능적으로 이것을 취했다고 생각했는데, 이 힘을 직접 느낀 지금은 본능이 아닌 바람의 정수가 그녀를 유혹했다고 보고 있었다.

만일 칼스타인이 개입하지 않는다면 케르토스의 힘에 셀리나의 영혼이 휩쓸려 버릴 수도 있는 상황이었다.

물론 셀리나는 칼스타인이라는 주인이 있는 상황이기에 영혼이 사라지지는 않겠지만, 케르토스의 힘에 영향을 받아 영혼이 변질될 가능성이 상당히 높았다.

'그렇게 둘 수는 없지.'

가끔 사고도 치는 말괄량이 같은 그녀이지만, 처음으로 만든 소환수였고 마치 자신의 친여동생처럼 느껴졌던 셀리나이기에 칼스타인은 그녀의 영혼을 지켜주고 싶었다.

그래서 흔들리는 셀리나의 영혼을 보호하면서도, 자신의 마나를 이끌어 파괴적인 바람의 힘을 길들여나갔다.

처음에는 바람의 힘을 단순히 격리하여 배출시켜 버리려고 하였다.

하지만 케르토스의 잔재만 걷어낼 수 있다면 없애버리는 것보다 길들여서 흡수시키는 쪽이 훨씬 좋은 선택이었다.

그렇게 된다면 셀리나의 능력 또한 지금보다 몇 배나 커질 것이 자명하였기 때문이었다.

문제는 그것이 쉬운 일은 아니라는 것이었다.

힘을 제거하는 것 정도야 칼스타인 혼자서 얼마든지 가능하지만, 힘을 길들여서 흡수시키는 것은 칼스타인의 능력으로도 쉬운 일이 아니었다.

만일 셀리나가 의식이 있는 상태에서 주도적으로 나서고 칼스타인이 도와주는 입장이라면 그나마 가능성이 높으나, 지금처럼 셀리나가 의식이 없는 상태에서는 성공할 확률 또한 매우 낮았다.

그러나 칼스타인은 포기하지 않았다.

거칠게 발버둥 치는 바람의 정수를 잡아매어 셀리나가 가진 번개의 정수로 이끌었다.

동시에 번개의 정수가 바람의 정수에 휩쓸리지 않도록 번개의 정수에는 자신의 마나를 한껏 주입하여 힘을 북돋워 주었다.

셀리나가 가진 마나의 근간이 칼스타인이 주입한 마나가 아니었다면 시도조차 못할 일이었다.

그렇게 칼스타인은 천천히 천천히 바람의 정수를 굴복시켜 번개의 정수에 흡수시키는 작업을 진행하였다.

얼마만큼의 시간이 지났을까. 알몸으로 누워 있던 셀리나가 움찔거리기 시작하더니 천천히 눈을 떴다.

"오… 오빠….."

"이제 정신이 들었어?"

"네… 음? 이힉!"

비몽사몽간에 대답하던 셀리나는 자신이 속옷하나 입지 않은 알몸인 상태로 있는 것에 깜짝 놀랐다.

과거 첫 만남에서의 알몸이야 자아를 얻은 지 얼마 되지 않았기에 부끄러움 같은 감정도 없었고, 옷을 입는 다는 것과 같은 인간의 문화도 몰랐기에 전혀 상관이 없었다.

하지만, 지금은 달랐다. 학습과 경험을 통해서 인간과도 같은 감정과 문화를 갖게 된 셀리나에게 지금의 상황은 평범한 여성이 알몸이 되었을 때 느끼는 감정과 크게 다르지 않았다.

그래서 그녀는 서둘러 마나를 움직여 평소 때의 전투복 차림이 되었다.

셀리나와 영혼이 소통하고 있지만, 그녀가 직접 의사를 전달하지 않는 한 이런 디테일한 부분까지는 느끼지 못하는 칼스타인은 갑작스럽게 부끄러움을 느끼는 셀리나에게 잠시 의아함을 느꼈다.

그러나 그녀가 정신이 돌아왔다는 사실에 크게 개의치 않고 단도직입적으로 물었다.

"기분이 어때?"

"기분이라면…?"

"가용 마나와 사용 속성이 늘었을 텐데?"

반쯤 홀린 상태라 아까 전 일에 대한 기억이 없었던 셀리나는 서둘러 자신의 내부를 살폈다.

"바… 바람의 기운이 있네요!"

"그래 바람의 정수를 먹었지."

칼스타인은 조금 전 일을 간단하게 설명해 주었고, 기운을 다스리는 원론적인 방법까지도 알려주었다.

셀리나는 번개의 정수를 갖고 있었지만 그것은 그녀의 본능에 따른 것이기에 바람의 정수를 다루기 위해서는 후천적인 학습이 필요했기 때문이었다.

칼스타인의 말을 들은 셀리나는 잠시 생각에 잠겼다. 칼스타인은 그녀가 기운을 움직이는 방법을 연습한다고 생각했지만, 그녀는 다른 생각을 하는 중이었다.

지금 셀리나가 생각하는 것은 바람을 다루는 법이 아닌 조금 전 자신의 내부에서 있었던 기운 간의 대립이었다.

'그 광폭한 기운이 날 삼키려 할 때⋯ 오빠의 따뜻했던 기운이 날 지켜주었지⋯ 오빠의 기운이 아니었다면 난 광폭한 기운에 삼켜지고 말았을 거야⋯.'

칼스타인은 셀리나가 조금 전의 일을 완전히 기억을 못 할 것이라 생각했지만, 그녀 역시 자신의 내부에서 일어나는 일 정도는 알고 있었다.

칼스타인이 지켜주지 않았다면 자신의 영혼이 변질되고 말았을 것이라 생각하니, 셀리나는 섬뜩함을 느끼면서도 칼스타인에 대한 한없는 고마운 마음이 같이 솟구쳤다.

'역시 오빠는 내게 생명을 준 부모님이자⋯. 내 생명의 은인이야⋯.'

보통 이성이 없는 소환수는 자신이 인정할 만한 사람이라면 본능적으로 자신의 알에서 깨어나게 해준 사람을 따르기 마련이었다.

반면, 높은 등급의 이성이 있는 소환수는 달랐다. 본능적인 호감은 다소 있을지언정 전적으로 소환자의 말에 따르는 것은 아니었다.

특히, 소환수의 능력이 소환자의 능력보다 비슷하거나 큰 경우에는 소환자의 지시보다는 자신의 의사에 따라서 움직이는 경우도 종종 있었다.

그러나 셀리나의 경우는 조금, 아니 상당히 달랐다.

애초에 이성이 없는 그녀가 이성을 가질 수 있게 해준 사람이 칼스타인이었기에, 한동안 칼스타인이 자신보다 적은 마나를 갖고 있는 상황에서도 결코 칼스타인의 말을 거역하지 않았다.

물론 헤스티아 대륙에서의 교육도 있었지만, 그녀 자체가 칼스타인은 부모처럼 따른 것이었다.

그리고 지금 이렇게 그녀의 영혼까지 지켜준 칼스타인에게 셀리나가 느끼는 감정은 보통의 소환수가 소환자에게 가지는 감정을 훨씬 뛰어넘는 감정이었다.

셀리나가 그런 생각을 하는 것을 모르는 채 칼스타인은 그녀를 툭 치며 말했다.

"이제 마무리 지으러 가야지."

"네? 아… 네!"

연정이라고도 할 수 있는 감정을 감추며 셀리나는

인간형에서 본신으로 돌아갔다.

셀리나의 등에 올라탄 칼스타인은 그녀와의 연결에서 왠지 모르는 간지러운 기분이 들었지만, 새로이 바람의 정수를 얻었기에 적응하는 과정이라 생각하며 간단히 넘겼다.

[주둔지로 가자! 이번엔 유인이 아니라 치고 빠지는 식의 파상공격이다. 원거리 공격 조심해.]

[네! 걱정 마세요!]

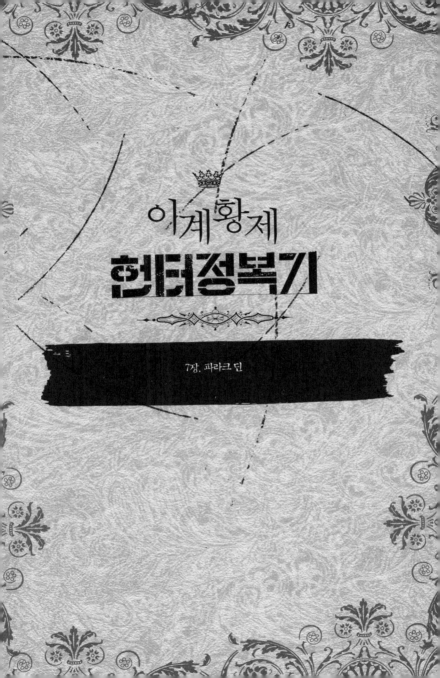

이계황제
헌터정복기

7장. 파라크 딘

7장. 피라크 딘

붉은 빛을 띠는 주둔지 라파이움의 코어가 칼스타인의 검강에 박살나기까지는 그리 오랜 시간이 걸리지 않았다.

셀리나를 타고 다시 주둔지로 돌아온 칼스타인은 자신을 향해 공격을 날리는 드라고니아의 전사들을 피해내며, 마지막 남은 대전사인 디칸의 목을 다섯 합만에 끊어내 버렸다.

사실 디칸은 칼스타인의 일격을 받은 뒤 자신의 열세를 깨닫고 문장파괴술을 시전하려 하였는데 칼스타인의 방해로 문장파괴술에 성공하지 못했다.

문장파괴술은 극히 짧은 시간만 있으면 사용가능하였지만, 이미 자카르의 문장파괴술을 본 칼스타인은 그것이 발동되는 방식을 파악한 상태였다.

약간의 틈만 있으면 사용이 가능한 것을 알았기에 벼락처럼 들이 닥친 칼스타인은 폭풍과도 같은 검격으로 디칸을 몰아붙였고, 디칸은 전력을 다한 공격보다는 문장파괴술을 쓸 틈만 찾다가 결국 유명을 달리하고 말았다.

디칸을 잡아낸 칼스타인은 곧장 코어로 다가가서 방어막을 파괴하였는데, 그제야 칼스타인의 목적이 코어인 것을 알아챈 주변의 전사들은 코어를 방어하며 결사 항전을 하였지만 격이 다른 칼스타인을 잡아내지는 못하였다.

결국 치고 빠지기를 반복하는 칼스타인을 막아내지 못한 드라고니아 전사들은 코어를 잃고 말았다.

코어를 부순 칼스타인은 굳이 나머지 전사들을 처리할 필요를 느끼지 못했기에 이곳을 떠나기 위해 셀리나를 불러서 그녀의 등에 올랐다.

칼스타인이 셀리나의 등에 오르고 있을 때, 수백개가 넘는 조각으로 부서진 붉은 코어의 파편들이 빛으로 사라졌다.

그와 동시에 칼스타인의 눈앞에 시스템의 메시지가 떠올랐다.

[위업 달성! 단독으로 주둔지의 코어 파괴! 추가 대전 포인트 1,000,000 지급.]

홀로 코어를 처리하겠다는 생각을 했을 때부터 이 정도면 위업으로 인정될 것 같았는데 역시 예상대로 위업 달성의 메시지가 떠올랐다.

임무 보상으로 받은 1백만 포인트를 합치면, 칼스타인이 이번 코어 파괴로 얻은 포인트만 해도 2백만 포인트에 달했다.

'수백 명의 전사와 두 명의 대전사를 잡아봤자 십만 정도의 포인트 밖에 얻지 못했는데… 역시 임무 보상이 좋군… 음?'

빠르게 날아가는 셀리나의 등 위에서 칼스타인은 자신의 영혼에 또 다른 끈이 붙은 것을 느낄 수 있었다.

셀리나와 연결과도 비슷한 느낌이었는데, 비슷할 뿐이지 분명 달랐다.

'아. 그렇군. 최고 기여자는 전설 등급의 아티팩트를 지급한다고 했었지.'

대전에서 구매하고 지급되는 무구는 모두 귀속형의 무구였다. 당연히 지금 지급하는 아티팩트 역시 귀속형이었다.

그렇게 끈의 정체를 파악한 칼스타인은 셀리나를 부르듯이 아티팩트를 소환하였다.

우웅~

가벼운 마나발현과 함께 칼스타인의 손아귀에는 은빛 기운을 도도하게 흘려내는 고풍스러운 장검 한 자루가 들려 있었다.

이리저리 움직이며 검의 무게중심과 외양을 확인한 칼스타인은 슬쩍 마나를 불어넣어 검의 능력을 확인하였다.

[장비 정보]

이름 : 프로스트번 소드 [귀속]

등급 : 전설

특징 : 화염(火焰), 빙결(氷結) (동시사용 불가)

기술 : 염화참(焰火斬), 빙섬(氷閃) (내재마나: 100/100, 소모마나: 50)

'흠… 불 속성과 얼음 속성을 동시에 사용할 수 있는 검이군.'

속성검은 헤스티아 대륙에도 그리 드물지 않았다. 다만, 그 주요 수요층은 오러소드를 사용하지 못하는 초급 검사들이었고 익스퍼트 이상의 검사들은 이런 속성검을 잘 사용하지 않았다.

어차피 오러소드를 사용하면 일반공격으로 타격을 입지 않는 몬스터를 충분히 잡아낼 수 있었기 때문에 굳이 저런 속성검을 써야할 이유를 느끼지 못하는 것이었다.

그래서 이런 속성검은 마법과 검술을 같이 사용하는 마검사들이나 마나사용이 익숙하지 않은 초급 기사들이나 사용하는 것으로 알려져 있었다.

하지만 그런 편견은 대부분의 속성검이 3서클 미만의 허접한 마법사가 만든 것 때문에 생긴 것이었다.

과거 엘리니크가 만든 화염의 속성검을 본 칼스타인은 그런 편견이 얼마나 잘못 된 것인지 잘 알고 있었다.

속성검을 잘만 사용한다면 일할의 마나로 삼할 이상의 마나를 사용한 공격을 가할 수 있었다.

더군다나 불의 속성검을 얼음 속성의 몬스터에게 사용하는 식으로 역속성을 잘 공략한다면 삼할이 아닌 오할 이상의 마나를 사용한 것과 같은 타격을 줄 수 있었다.

보통 이런 속성검은 하나의 속성만 가지는 경우가 많았는데, 그것은 두 개 이상의 속성을 을 담게 되면 속성력이 약해지기 때문이었다.

특히, 불과 얼음처럼 역속성을 함께 담는 식의 속성검은 두 속성 다 없으니만 못한 상황이 되기 때문에 성공한 사례가 없었다.

그렇기에 두 가지 반대되는 속성을 담고 있는 프로스트번 소드는 충분히 전설등급의 아티팩트라 할 수 있었다.

하지만 칼스타인에게는 속성검은 크게 매력적인 무구는 아니었다. 검법의 세밀한 운용을 좋아하는 칼스타인은 속성력으로 검로가 흐트러지는 것을 선호하지 않았기 때문이었다.

'뭐 그래도 전설등급이니 내재마나나 강도(剛度)가 영웅등급인 벨로스 소드보단 낫겠지.'

속성력을 선호하지 않는 칼스타인은 프로스트번의 속성력을 사용하지 않고 사용할 생각을 하였는데 그런 그에게 익숙한 목소리가 들려왔다.

[칼스? 연결이… 아. 그렇군. 전에 말했던 지구라는 곳에 있는 건가?]

지금 칼스타인의 머릿속으로 들려오는 목소리는 바로 헤스티아 대륙에서 사용하는 그의 애검이자 에고소드인 그랑 카이저의 목소리였다.

갑작스럽게 들려온 그랑 카이저의 목소리에 칼스타인은 놀라며 그에게 반문하였다.

[그랑 카이저! 어떻게 된 거야?]

[나도 잘 모르겠어. 아주 멀리서 네 영혼이 느껴지는

연결선이 생겨 따라온 것뿐이야. 오히려 내가 묻고 싶군. 무슨 일이라도 생긴 거야?]

아주 멀리라는 말처럼 그랑 카이저와의 연결은 헤스티아 대륙에서처럼 뚜렷하지는 않았다.

프로스트번과 자신의 연결에 들어와서는 안 되는 노이즈가 끼여 있는 듯한 애매하고 먼 느낌이었다. 즉, 있으면 안 될 것이 있는 느낌에 가까웠다.

[무슨 일이라… 네 목소리가 들릴 일이라면 이것 뿐이겠군.]

지금 칼스타인에게 새로이 생긴 일이라곤 전설 등급의 아티팩트인 프로스트번을 얻은 것뿐이었다.

물론 시간을 길게 본다면 그랜드마스터에 오른 것도 큰일이긴 하지만 지금 그랑 카이저와의 연결이 그것 때문이라고 보긴 힘들었다. 십중팔구 프로스트번을 얻은 것 때문에 연결이 된 것 같았다.

칼스타인은 그러한 상황을 간략하게 그랑 카이저에게 설명해 주었고, 그랑 카이저는 알겠다는 말투로 칼스타인에게 말을 건넸다.

[그렇군. 그러니까 네 추정으로는 귀속형 아티팩트를 얻게 되어 이런 연결이 가능하다는 것이지?]

[그래. 귀속형 아티팩트는 영혼에 연결되는 것이니까.

아마 헤스티아 대륙으로 가도 소환이 가능할 거야. 물론 엄청나게 힘이 들겠지만 말이야.]

과거 일반등급이었던 셀리나를 소환하는 것 만해도 상당한 힘이 들었기에, 전설 등급의 아티팩트인 프로스트 번을 소환하는 것은 그 보다 월등히 많은 마나량과 훨씬 정교한 마나컨트롤이 필요할 것이었다.

하지만 칼스타인의 능력이라면 충분히 해볼 만하였다. 문제는 헤스티아 대륙에는 그랑 카이저가 있기에 고작 전설 등급 아티팩트 따위를 소환할 필요가 없다는 것이었다.

[그렇군. 그런데 이거 간질간질한 것이 느낌이 이상하군.]

검이 간지러운 감각을 갖고 있다는 말은 일견 우습게 보이기도 하지만, 그랑 카이저는 엄연히 영혼이 있는 독립된 개체였다.

그리고 그 영혼을 통한 각종 느낌을 가질 수 있는 상태였다.

[간질간질하다라… 그랑 카이저 혹시 지금 라인을 통해서 이쪽으로 현현(顯顯)할 수 있겠어? 내가 소환을 시도해 볼까?]

사실 노이즈라 할 정도로 약한 연결이었기에 소환은 거의 불가능했지만, 그랑 카이저는 에고 소드였다.

영혼이 있는 그랑 카이저라면 이 약한 연결에도 칼스타인의 인도에 따라서 스스로 이곳까지 올 가능성이 충분히 있었다.

그랑 카이저 역시 그것을 알고 있기에 칼스타인에게 긍정적인 대답을 하였다.

[음. 한 번 시도해 볼까? 소환의식으로 지금 들고 있는 그 검에다가 마나를 주입해봐.]

그랑 카이저의 말에 따라 칼스타인은 막대한 마나를 프로스트번에 주입하였다.

단순한 마나 주입은 아니었다. 그랑 카이저를 소환한다는 의념을 가득품은 마나 주입이었다.

하지만, 그런 마나에도 프로스트번에는 변화가 없었다.

헤스티아 대륙에서라면 일정 마나 이상을 주입하면 금방 현현할 그랑 카이저였지만, 여기서는 그 정도 마나로는 불가능한 것 같았다.

보통의 마나로 되지 않는다는 생각에 칼스타인은 거의 전력을 다해서 프로스트번에 마나를 주입하였고, 그 마나에 따라서 프로스트번의 검날은 붉고 푸른 기운이 동시에 발현하여 꽈배기처럼 꼬이고 있었다.

웅웅웅웅웅~

얼마나 마나를 주입하였을까. 프로스트번이 웅웅거리며 떨리는 소리가 났고, 그 검신 역시 작살맞은 물고기처럼 격렬하게 움직이기 시작했다.

꽈배기처럼 꼬인 얼음과 불의 기운은 완전히 검신을 장악하여 지금은 숫제 둘이 하나가 된 것과 같은 모습을 보여주고 있었다.

지금 칼스타인은 검을 보호하는 것에는 전혀 마나를 사용하지 않고 있었다.

보통 검기나 검강을 사용하면 일정의 마나는 검 자체를 보호하고 더 강화하기 위해서 사용된다.

하지만, 지금은 공격을 하기 위해서 마나를 주입하는 것이 아닌 그랑 카이저와의 연결을 위해서 마나를 주입하는 것이었다.

더군다나 칼스타인에게 이 프로스트번은 그리 중요한 검이 아니었기에 검의 안위 따위는 전혀 상관이 없었다.

물론 귀속형의 무구는 파손이 되더라도 소환이 되지 않은 상태에서 일정한 시간이 지나면 복원이 되기는 하였지만, 지금의 칼스타인의 머릿속에 그런 계산 같은 것은 없었다.

단지 그랑 카이저를 불러오기 위해서 전력을 다할 뿐이었다.

하지만 여전히 그랑 카이저의 모습은 어디에도 보이지 않았다. 그렇게 포기를 해야 하나라는 마음이 들 때쯤이었다.

파캉!

격렬하게 떨리던 프로스트번의 검신이 산산조각이 나 버렸다.

보통의 경우에는 일부러 부러트리지 않는 이상 단순한 마나의 주입으로 검이 부러질 일은 없었지만, 지금 칼스타인의 마나는 검을 부수어 상대를 공격하는 파검식(破劍式)을 사용하는 것처럼 검 자체에는 무자비한 마나의 주입이었다.

그 결과 마나의 압력을 검의 내구도가 이기지 못하고 결국 검이 부러지고 만 것이었다.

생각하지 못한 상황의 발생에 칼스타인은 허탈한 표정으로 검 자루를 쥔 채 부러진 검신을 바라보는 찰나 프로스트번의 검 자루에서 익숙한 기운이 솟아나더니 부러진 검신이 서서히 재생하기 시작했다.

검신 뿐만이 아니었다. 검 자루와 칼날받이 등 검의 모든 부분의 형태가 서서히 변해갔다.

그리고 그 변하는 모습은 칼스타인에게 익숙한 형태였다. 바로 부러진 프로스트번이 그랑 카이저로 변하고 있는 것이었다.

'음? 이것은….'

뜻밖의 상황에 칼스타인이 새로이 마나를 주입하려 할 무렵 그랑 카이저의 목소리가 그의 머릿속으로 들려왔다.

다만, 조금 전과는 달리 그 목소리는 마치 헤스티아 대륙에서 대화를 나누는 것처럼 선명하게 들렸다.

[칼스. 반쯤은 성공한 것 같군.]

[반쯤?]

[그래. 반. 아니 반이라고 하기도 힘들 것 같은데? 형태와 의지는 가져왔는데, 능력은 일할도 채 쓰기 힘들 것 같아.]

그랑 카이저의 말에 칼스타인이 가볍게 마나를 투사하여 검의 상태와 그랑 카이저의 영혼까지 살펴보았다.

그 결과 확실히 지금 그랑 카이저는 헤스티아 대륙의 본신에 비하면 십분지 일에도 미치지 못하는 힘을 갖고 있었다.

[흐음… 확실히 그렇군.]

[도움이 되지 못해 미안하군.]

자부심이 강한 그랑 카이저는 자신이 현현하였음에도 큰 도움이 되지 못한다고 생각하자 다소 의기소침한 어조로 칼스타인에게 말했다.

하지만 칼스타인은 개의치 않았다.

[하하. 카이저, 너는 존재하는 것만으로도 내게 도움이 되니 그런 생각하지 마.]

실제 오랜 세월 동안 영혼을 유지해 온 그랑 카이저는 '무(武)'라는 측면에서 깊고 넓은 통찰력으로 칼스타인이 보지 못한 부분을 짚어내 주기도 하였다.

더군다나 무가 아닌 다른 부분에서도 엘리니크와 함께 칼스타인에게 직언을 할 수 있는 몇 안 되는 존재였다.

존재만으로 도움이 된다는 칼스타인의 말은 빈말이 아니었던 것이었다.

[…뭐 그렇게 생각한다면야… 어쨌든 새로운 곳에 오니 기분이 신선하군. 여기가 지구라는 곳 맞지?]

[아. 정확히 말하면 아니야. 지금 여기는….]

지구에 대해서는 헤스티아 대륙에서 설명 해 주었지만, 이 지구방어대전에 관해서는 처음 이야기하는 것이기에 칼스타인은 자신이 아는 부분에 대해서 상세한 설명을 해주었다.

[그렇군. 그 말인 즉, 여기에는 신적인 존재가 물질계에 직접 개입을 한다는 말이군.]

설명을 들은 그랑 카이저는 칼스타인이 신에 대한

언급을 하지 않았음에도 바로 신의 존재에 대한 이야기를 하였다.

[그래, 이 정도 역사(役事)해 낼 정도라면 신적인 존재라 할 수 밖에 없겠지.]

[신기하군. 여기에는 사제도 신성력도 없는데 신은 있다는 건가? 헤스티아와는 반대라 할 수 있겠군.]

그랑 카이저의 말처럼 헤스티아 대륙에는 여러 신들이 있었고 그 신의 힘을 빌어 이적을 발휘하는 신성마법도 있었다.

하지만 신이 직접 이 정도의 역사를 벌인 적은 없었다. 아니 그런 역사는 오랜 신화 속에서나 등장할 뿐이었다.

[뭐 그렇게 볼 수도 있겠군. 어쨌든 여기에서도 함께 할 수 있다니 좋군. 아, 잠깐만.]

그랑 카이저와 함께 할 수 있어 약간 들떴던 칼스타인은 문득 원래의 프로스트번에 대한 생각이 떠올랐다.

그래서 원래는 프로스트번이었던 그랑 카이저를 들고 장비 정보를 불러왔다.

[장비 정보]

이름 : ----- [귀속]

등급 : 전설

특징 : -----

기술 : -----

'흐음… 역시 그랑 카이저에 대한 정보는 읽어오지 못하는군. 그런데 등급은 그대로라….'

전설 등급의 아티팩트를 쥐어 봐서 안다. 그랑 카이저는 전설 등급 따위와는 비교할 수 없는 힘을 갖고 있었다.

신화 등급은 아직 보지 못해서 어느 정도의 힘을 갖고 있는지는 모르겠지만, 그랑 카이저는 분명 신화 등급에 비견되거나 그 이상의 힘을 갖고 있을 것이었다.

하지만 지금의 장비 정보는 그랑 카이저의 등급을 전설 등급으로 보고 있었다.

즉, 이 시스템의 정보는 현재 그랑 카이저가 전설 등급 정도의 힘 밖에 가지고 있지 못하다는 반증이었다.

그리고 확인해 봐야할 중요한 사항이 하나 더 남아 있었다.

[소환 해제 후에도 올 수 있는지 시험해 보자.]

[그래.]

그랑 카이저의 대답을 들은 칼스타인은 그를 소환 해제 하였는데, 여전히 프로스트번의 연결에서는 그랑 카이저의 기운이 느껴졌다.

'기운이 느껴지는 것을 보니 소환에도 문제가 없을 것 같군.'

다소 안도한 칼스타인은 재차 그랑 카이저를 불렀는
데, 그의 생각대로 그랑 카이저는 칼스타인의 손 안에서
나타났다.

한 가지 특이한 것은 원래 미약하게 느껴지던 그랑 카
이저의 원래 연결이 프로스트번의 연결에 편입되었다는
것이었다.

그렇게 다시 그랑 카이저를 꺼낸 칼스타인은 그를 허
리춤에 묶은 채 한참 동안이나 이야기를 나누었다.

거의 한 시간여 동안 지구의 상황과 지구방어대전에
대한 이야기를 나누고 있을 때 문득 셀리나의 심어가 들
려왔다.

[오빠. 무슨 생각 하세요?]

명상에 들어간 것도 아닌데 한 시간이나 말이 없었기
에 셀리나가 칼스타인에게 말을 건넨 것이었다.

[아. 그렇군. 너도 카이저 알지? 잠시만.]

셀리나와 그랑 카이저는 안면이 있는 사이었다. 썬더
버드와 검령 간에 안면이라하면 조금 표현이 이상하기는
하지만, 셀리나는 그랑 카이저가 에고소드임을 알고 있
었고 그랑 카이저 역시 셀리나가 칼스타인의 소환수 임
을 알고 있었다.

둘 다 칼스타인의 영혼에 연결이 된 존재로 그와 심어로

이야기를 하고 있으나, 그 둘은 칼스타인이 연결시켜주지 않는다면 대화를 주고받을 수는 없었다.

그래서 지금 칼스타인은 셀리나 역시 그랑 카이저와의 대화에 참여시켰다.

[호. 애송이의 실력이 꽤나 늘었군.]

[이 목소리는… 엥? 영감탱이! 어떻게 여기에 왔어요!]

집결지로 이동하며 한참 새로이 얻은 바람의 힘을 움직여 보느라, 셀리나는 자신의 등 위에서 일어나는 일도 잘 파악하지 못하고 있었다.

칼스타인이 별도로 기운을 차단하지 않았기에 만일 집중하고 있는 상황이었다면 그랑 카이저의 출현을 알아차리지 못한 셀리나가 아니었다.

[애송이, 버릇없는 것은 여전하군.]

[흥! 지금 보니 영감탱이 힘이 상당히 빠졌네요? 예전처럼 움직이진 못하겠네요. 호호호.]

[끄응…]

칼스타인은 단순히 대화채널만 연결한 것은 아니었다. 자신의 영혼을 매개로 둘의 라인을 일부 겹친 것이기에 그랑 카이저와 셀리나는 서로의 상태에 대해서도 대략적으로는 알 수 있었다.

그래서 그랑 카이저는 셀리나의 실력이 늘었다고 평가한 것이었고, 셀리나는 그랑 카이저가 힘이 빠졌다는 것을 알아차린 것이었다.

　사실 둘 사이는 그리 원만한 관계는 아니었다.

　그렇게 된 것에는 몇 가지 이유가 있는데, 표면적인 이유로는 과거 헤스티아 대륙에서 셀리나를 교육시킬 때 그랑 카이저 역시 한 몫을 했었다는 부분 때문이었다.

　에고소드인 그랑카이저는 칼스타인의 마나를 받아서 스스로 움직일 수도 있었고, 당시 다양한 검술을 통해서 셀리나에게 가르침을 주었었다.

　당연히 가르침은 거칠었고, 셀리나는 그랑 카이저에게 악감정이 쌓일 수밖에 없었다.

　하지만 둘 사이가 앙숙이 된 가장 큰 이유는 그런 표면적인 이유보다는 본질적인 질투심에 가까웠다.

　셀리나와 그랑 카이저는 각각 칼스타인의 영혼에 귀속되어 있는 상태였다.

　그래서 각자 자신만이 칼스타인의 유일한 동반자라고 생각했는데, 뜻밖의 경쟁자가 나타난 것이나 마찬가지인 상황이 되었기 때문이었다.

　영혼이 없는 소환수나 무구였다면 이런 일은 없었을 것이나, 둘은 각자 영혼이 존재하고 있었고 인간의 삶과

문화를 상당히 체득한 상태였기에 인간적인 질투의 감정
이 발현된 것이었다.

다만, 모순적인 말이기는 하지만 그런 질투심에도 칼
스타인과 함께 한다는 상호간의 동질감은 갖고 있는 상
태였다.

굳이 비유를 하자면 한 부모를 둔 사이 나쁜 형제와도
비슷한 관계라 할 수 있는 상황이었다.

[지금 붙어보면 내가 이길 수도 있겠는데? 해볼까요,
영감? 아. 지금 상태로는 혼자 움직이지도 못하려나?]

셀리나의 말이 맞았다. 지금 정도의 힘으로는 아무리
칼스타인이 마나를 불어넣어 준다 하더라도 스스로의 의
지로 움직이기는 힘들었다.

[쿵… 헤스티아 대륙에서 다시 봤으면 좋겠군.]

[그… 그럴 일은 없어요!]

셀리나는 다소 겁을 먹은 듯 더듬거리며 외쳤다. 다만,
지금 그녀가 겁먹은 대상은 그랑 카이저와의 대련 때문
이 아니었다.

물론 헤스티아 대륙의 그랑 카이저가 본신의 힘을 다
한다면 그녀로서도 이기기 힘들 수도 있겠지만 대련 자
체는 꽤나 유용하고 도움이 되었기에 기피할 생각은 없
었다.

지금 셀리나가 두려워하는 것은 헤스티아 대륙으로 가는 그 과정 자체였다.

헤스티아 대륙으로 가려면 차원의 틈을 통과해야하는데 그 과정이 너무나도 고통스러웠기 때문이었다.

마치 영혼을 뜯어내는 것과 같은 고통이 영원히 지속되는 것만 같은 느낌이었다.

칼스타인도 그것을 알기에 그 때의 교육 이후로는 아직한 번도 셀리나를 헤스티아 대륙으로 소환하지는 않았다.

[흠… 모를 일이지. 새로운 힘도 얻었는데 수련이 필요하지 않아? 헤스티아 대륙에서는 다양한 상대가 있으니 충분히 수련할 수 있을 텐데.]

[수… 수련은 여…여기서도 할 수 있어요!]

그랑 카이저를 더 자극하면 그가 혹시 칼스타인에게이야기해서 자신을 헤스티아 대륙으로 부를까봐, 셀리나는 더 이상 그랑 카이저를 자극하지는 않았다.

그렇게 잠시의 침묵이 흐르고 있을 때 칼스타인이 입을열었다. 멀리서 누군가의 기척이 느껴졌기 때문이었다.

"음? 이 기운은…."

라파이움 쪽에서 느껴지는 기척은 빠른 속도로 칼스타인을 향해 다가오고 있었다. 아주 멀리 있었지만 그 기척에게서 느껴지는 기운은 범상치 않았다.

그리고 그 기운 속에는 숨기지 않은 강렬한 적대감이 느껴지고 있었다.

바람의 정수까지 얻어 속도 측면에서는 전보다도 빨라진 셀리나였지만 지금 느껴지는 기척의 속도는 셀리나보다도 빨라 얼마 지나지 않아 따라 잡힐 것만 같았다.

[셀리나, 멈춰 봐. 적의를 가진 자가 이리로 오고 있다.]

[적의요?]

[애송이. 뒤쪽이다. 실력이 늘었다고 하지만 아직 한참 멀었군.]

[이 영감탱이가!]

셀리나는 아직 그 기감을 느끼지 못했는지 칼스타인의 말을 바로 이해하지 못했는데, 칼스타인과 직접 닿아 있는 그랑 카이저는 칼스타인의 기감을 통해서 적의 출현을 알아차린 것이었다.

칼스타인의 명령대로 그를 내려 주고 인간형으로 변한 셀리나는 까마득한 거리를 순식간에 좁혀오는 한 인영을 볼 수 있었다.

그렇게 나타난 인영은 라파칸 족 특유의 리자드맨과 흡사한 외양이었는데, 그 크기가 보통의 라파칸 족과는 달리 5미터에 달하는 거한이었다.

그는 칼스타인이 자신을 기다렸다는 것을 알아채고 눈을 빛내며 심어를 건넸다.

[네가 우리 종족의 주둔지를 파괴하고 대전사를 죽인 건가?]

[알고 왔으면서 묻는 이유는 뭐지?]

[크크. 확실히 하려고 그런 거지. 혹시 네 놈이 아니면 또 다른 놈을 잡으러 가야 하니 말이야. 아. 누구에게 죽는 건지는 알고 죽어야겠지. 내가 라파칸 족의 족장 파라크 딘이다.]

비소를 흘리며 칼스타인에게 말을 건네는 파라크 딘의 어조에는 진득한 살기가 묻어 있었다.

[흠…. 라파칸 족이 전생에 내게 큰 잘못을 했나보군.]

뜬금 없는 칼스타인의 말에 파라크 딘은 의아한 표정으로 되물었다.

[무슨 소리냐?]

[주둔지도 내게 파괴되고 대전사도 세 명이나 죽고, 이제는 족장마저 내 손에 죽게 될 테니… 이 정도면 큰 잘못을 한 것 아니겠나?]

칼스타인의 비아냥을 들었지만 파라크 딘은 격노하는 대신 통쾌한 웃음을 지었다. 지금 칼스타인 정도는 손쉽게 처리할 수 있을 것이라는 자신감에서 나오는 웃음이었다.

[하하하. 자신감이 넘치는 군. 우리가 대화나 주고받을 사이는 아니니 이제 본 게임으로 들어가지.]

호탕한 웃음과 함께 파라크 딘의 살기는 한층 더 진해지기 시작했다. 그리고 어느새 그의 손에는 3미터가 넘는 대검이 소환되어 있었다.

하지만 5미터가 넘는 그의 체구로 보면 이 정도 검은 그에게는 대검이라고는 할 수 있는 크기는 아니었다.

아직 본격적으로 전투에 돌입한 것은 아니지만 그의 손에서 움직이는 대검은 장검보다 신속할 것을 예상할 수 있었다.

그리고 그의 검에는 서서히 일렁이는 붉은 검기가 피어오르더니, 어느 순간 검기가 고정되며 강렬한 핏빛을 내뿜기 시작했다. 핏빛 검강의 발현이었다.

'역시… 그랜드마스터였군.'

대전사가 마스터의 마지막에 서 있었으니 그들을 지배하는 족장은 당연히 그들보다 한 단계 위의 경지에 있을 것으로 예상하였다.

그렇기에 지금 파라크 딘의 검강은 충분히 칼스타인의 예상 범위 안에 들어가는 부분이었다.

'검강까지는 예상했지만, 문제는 그 문장파괴술인데….'

지금 파라크 딘이 보이는 검강은 강력한 힘을 내포하고 있는 것으로 보였지만, 칼스타인이 상대하지 못할 수준은 아니었다.

마나량이야 그가 더 많겠지만 마나의 집중과 검강의 상태변화 등 칼스타인이 그에 대항할 방법은 많았다.

문제는 칼스타인의 생각처럼 문장 파괴술이었다.

만일 대전사들이 그랬던 것처럼 파라크 딘의 문장파괴술 역시 엄청난 마나의 증폭을 가져다준다면, 아무리 칼스타인이라 하더라도 공세를 흘려내기 힘들 수 있었다.

'일단 문장파괴술을 사용할 틈을 주지 않아야겠군.'

시작은 파라크 딘이었다. 그는 자신이 우위에 있을 것이라고 생각하면서도 선공을 양보하지는 않았다.

그가 휘두르는 핏빛의 검강이 붉은 잔상을 남기며 칼스타인에게 치달았고, 칼스타인 역시 그것을 피해내는 대신 푸른 빛의 검강을 그랑 카이저에 드리우며 막아냈다.

콰앙!

검강대 검강의 부딪힘이라 그런지 쇠와 쇠가 부딪히는 충돌음 대신 폭발음과 같은 파열음이 터져 나왔다.

그리고 파라크 딘의 공세는 한 번으로 끝나지 않았다.

3미터에 달하는 대검을 마치 소검을 다루듯이 다루는 파라크 딘은 칼스타인을 검격의 범위에 놓은 채 파상공세를 펼쳐나갔다.

쾅쾅쾅쾅쾅쾅!

'음… 역시 힘대 힘으로는 좀 밀리는 군.'

칼스타인의 예상대로 파라크 딘은 마나량이나 근력으로 승부할 수 있는 상대는 아니었다. 또한 검술만 하더라도 상급전사나 대전사들과는 차원이 다른 고차원적인 검술을 사용하고 있어 쉽게 볼 수는 없었다.

더군다나 둘은 이미 초월의 영역에 있는 상태라서 칼스타인으로서는 방법이 없는 것처럼 보였다.

하지만 라이트소더까지 갔던 칼스타인의 능력은 이것이 전부가 아니었다.

'큰 소리치면서도 아직 회전이나 나선의 묘리까지는 알지 못하는 건가? 문장파괴술을 보니 압축 정도의 묘리는 알고 있는 것 같던데.'

자신의 공격에 칼스타인이 별다른 반응도 하지 못하고 방어만 하고 있자, 파라크 딘은 득의의 미소를 지으며 좀 더 많은 마나를 자신의 검강에 부여했다.

끝내기 위한 승부수라고 할 수 있었다. 지금도 피처럼 붉은 검강이 한층 더 붉게 타오르며 칼스타인의 검강을 때렸고, 파라크 딘의 생각대로라면 칼스타인의 검강이 부러질 것이었다.

콰직!

파라크 딘의 공세에 검강은 부러지는 대신 금이 갔다. 아쉽기는 하지만 힘으로 압도한다는 측면에서 충분히 만족할 만한 공세였는데, 파라크 딘은 공세를 계속 이어가는 대신 경악한 표정으로 한 걸음 물러섰다.

그 이유는 금이 간 검강은 칼스타인의 검강이 아닌 파라크 딘의 검강이었기 때문이었다.

"!@#%%#%!"

파라크 딘은 깜짝 놀라 심어가 아닌 라파칸 족의 언어로 외쳤는데, 표정만 보아도 그 말의 내용을 알 수 있을 것만 같았다.

[놀랐나? 이 정도면 실망인데.]

한 걸음 물러섰던 파라크 딘은 칼스타인의 나직한 한 마디에 지금까지의 태도에서 한층 진중한 태도로 다시 공세에 나섰다.

쾅! 콰앙! 콰가강!

붉게 물든 파라크 딘의 검강은 칼스타인을 향해 밀어

치고 돌려치고 깎아치는 공세를 펼쳤고 조금 전과 다르지 않게 칼스타인은 수세에 몰렸다.

콰지직!

하지만 어느 순간 칼스타인의 검강은 파라크 딘의 붉은 검강을 쪼개어 냈다. 아까 전 보다 한층 더 깊은 자국이었다.

검강이 부서지는 것은 단순히 검신이 부서지는 것보다 더 큰 충격을 주는 것이었다.

그랜드마스터의 상징인 검강은 강렬한 마나의 발현이자 강력한 의지의 발현이었다. 검강이 부서진다는 것은 마나가 부서지는 것과 동시에 의지가 꺾이는 것이나 마찬가지인 것이었다.

[그렇군. 회전이었어!]

파라크 딘 역시 나름 천재라는 칭송을 받으며 라파칸족의 족장에까지 오른 강자였다. 처음에야 당황하였지만, 반복되는 전개에 어떤 상황인지 파악하지 못할 리가 없었다.

다만, 파악을 한 것과 그것을 헤쳐나가는 것은 다른 이야기였다.

[이제 알았나? 언제 그랜드마스터에 오른 건지 모르겠지만 아직 미숙하군.]

[크윽….]

칼스타인의 비아냥에 파라크 딘은 반박하지 못하였다. 지금 저 회전하는 검강을 해결하지 못한다면 복수를 하기는 커녕 자신 역시 죽음을 맞이할 확률이 높기 때문이었다.

'대강의 원리는 알겠는데… 지금 당장 따라 할 수는 없겠어….'

파라크 딘이 파악한 것은 회전의 속성뿐만이 아니었다. 천재적인 재능을 가진 그는 회전의 원리까지도 어느 정도 파악할 수 있었다.

문제는 그것을 당장 사용할 수는 없다는 것이었다. 특히 회전의 속성 상 어설프게 따라하다가는 더 강한 회전에 손쉽게 잘려나갈 가능성이 높았다.

'지금 할 수 있는 것은 더 강한 압축을 통해서 회전에도 부서지지 않는 검강을 만드는 방법뿐이겠군.'

파라크 딘은 재빨리 그가 할 수 있는 최선의 결론을 내었다. 결정을 내린 그는 순간적으로 폭발적인 마나를 발현하여 칼스타인의 회전 검강에 맞섰다.

쾅!

비록 이 공세 역시 검강의 일부가 잘려나갔지만, 공세에 내포된 힘이 힘이다 보니 칼스타인은 잠시 물러설 수

밖에 없었다.

'틈을 주면 문장파괴술이 발동된다!'

짧은 시간이라도 틈을 주면 문장파괴술을 사용할 것이라는 것을 알았지만, 예상지 못했던 타이밍에 전신의 마나를 동원한 파라크 딘의 공격을 견뎌내며 공세를 취하기에는 손실이 너무 큰 상황이었다.

그래서 칼스타인은 어쩔 수 없이 한 걸음 물러선 뒤 다시 공세를 취하려고 하였다.

하지만 파라크 딘은 그 공격이 들어오기도 전에 그 역시 한 걸음 물러서며 짧은 단어를 외쳤다. 문장 파괴술의 발현이었다.

"@#%!@!"

그의 외침과 함께 그의 가슴에는 푸른 문장이 떠올랐는데, 족장이라서 그런지 대전사들의 붉은 문장과는 그 색도 그곳에서 느껴지는 힘도 상당한 차이를 보였다.

문장의 발현과 동시에 그 문장은 부서져서 파라크 딘에게 스며들었고 이내 그의 전신에서 폭발적인 마나가 분출되기 시작했다.

[푸른 문장은 대족장님을 구할 때나 사용하려 하였는데… 네 놈만 잡아내도 이번 대전에서 손해를 보는 것은 아닌 것 같으니 어쩔 수 없지. 다시 한 번 해보자.]

온 몸에서 줄기줄기 마나를 뿜어내는 파라크 딘은 조금 전 보다 한층 자신감 있는 목소리로 칼스타인을 향해 나지막이 말했다.

동시에 그의 대검에 서린 검강은 핏빛을 넘어 불투명한 검붉은 색으로 변해있었다. 한 눈에 보아도 조금 전보다 더 단단함과 강력함을 가졌을 것이라는 생각이 들었다.

'음… 생각보다 마나 증폭이 더 되었군… 붉은 색의 문장보다 저 푸른 색의 문장이 더 강한 증폭을 주는 것 같은데….'

몸이 저릿저릿할 정도로 강력한 힘이었다. 일대의 마나가 파라크 딘에게서 나오는 마나폭풍에 휩쓸려 날아갈 지경이었다.

'차라리 아까 손해를 보더라도 문장 파괴술을 막아야 했나?'

후회는 아무리 빨라도 늦은 것이었다. 그리고 칼스타인은 이미 벌어진 일에 대한 후회하는 성격은 아니었다.

어떤 어려움이 닥치더라도 그것을 헤쳐 나가는 타입이었다.

'뭐 어쩔 수 없지. 한 수 더 꺼내야겠군.'

카카각!

파라크 딘의 검붉은 대검이 칼스타인을 상단을 노리고 들어왔고, 조금 전처럼 칼스타인의 그 공격을 빗겨 내었다.

그러나 조금 전과는 달리 더 이상 파라크 딘의 검강은 칼스타인의 검강에 잘려나가지 않았다.

약간의 흠집은 생기긴 하였지만 그것은 이내 메워졌고 검강 자체에 균열이 생기지는 않은 것이었다.

[후후. 절대적인 힘 앞에서는 잔재주는 무의미하지. 이제 네가 얼마나 버틸 수 있을까?]

방금의 일격으로 확실히 자신감을 얻은 파라크 딘은 좀 더 과감한 공세를 거침없이 펼쳐내었다.

츠으웃!

콰앙~ 쾅쾅쾅!

처음의 공세를 빗겨낸 칼스타인은 이어지는 공세에 결국 검을 맞대고 말았다.

파라크 딘의 검술 역시 상당한 경지에 있었기에 몸이 아닌 검을 노리고 드는 그의 공세를 완벽히 빗겨내기는 힘들었기 때문이었다.

'힘에서 밀리는군.'

칼스타인이 검강에 주입되는 마나를 높여 회전력을 더 높인다면, 한층 더 압축을 한 파라크 딘의 검강을 일부 잘라 낼 수 있었다.

하지만 저 수준의 압축된 마나라면 잘라내는 데에도 상당한 마나를 사용해야 할 것이고, 파라크 딘이 가진 마나라면 일부의 소실이야 금방 복원할 수 있을 것이었다.

결국 마나대 마나의 싸움으로 간다는 이야기인데 그렇게 간다면 칼스타인의 필패였다.

'두 번째 카드를 사용해야겠는데.'

우우웅~!

검강과 검강이 부딪히는 소리에 묻혀서 거의 들리지 않았지만, 칼스타인의 검강이 나지막한 울림과 함께 그 성질이 미세하게 변하였다.

쾅쾅쾅! 콰앙~ 팡!

'음? 이건 뭐지?

힘에서 압도하는 파라크 딘은 문장파괴술의 힘이 끝나기 전에 칼스타인을 해치우기 위해서 힘을 아끼지 않고 있었다.

그래서 전력을 다해 칼스타인에게 폭풍우 같은 검격을 내질렀는데 마지막 공격이 빗맞은 느낌이 들었다.

스치잉~ 채앵~

그 공격뿐만이 아니었다. 지금의 공격 또한 칼스타인의 검을 미끄러지듯 비껴나갔다.

'헙! 또 성질이 변했다!'

수차례 공격을 해본 결과 파라크 딘은 칼스타인의 검 강이 또 다른 성질을 보이고 있음을 파악했다. 이번에는 나선의 성질이었다.

칼스타인의 검강이 검첨을 향해서 나사처럼 회전을 하 고 있었던 것이었다.

지금까지는 원을 그리면서 둥글게 회전을 한다면 지금 은 나사처럼 회전을 하고 있었다.

베는 힘은 원회전이 강하겠지만 찌르는 힘은 나선 회 전이 훨씬 강할 것이었다. 더군다나 나선 회전은 자연스 럽게 상대의 검을 튕겨내는 효과도 주었다.

자신의 공격이 튕겨지고 있는 것도 이런 나선의 묘리 때문이었다.

'크흡… 이대로면….'

막대한 힘으로 원 회전을 무시하고 타격을 주려했던 파라크 딘의 계획이 깨어졌다.

나선의 회전력 때문에 상대적으로 적은 힘으로도 큰 힘을 막아낼 수 있는 상황이 되어 버렸기 때문이었다.

이대로라면 칼스타인에게 패배하고 말 것 같았다. 그 리고 그의 패배는 단순한 패배가 아닌 라파칸 족 전체의 패배였다.

아직 제대로 된 후계자조차 남기지 못하였고, 후계자를 보필할 대전사들까지 다 잃어버린 상황에서 자신이 죽게 된다면 종족 전체가 드라고니아에서 살아남기 힘들 수도 있었다.

'어쩔 수 없다. 당분간 힘을 잃는다 해도 이놈을 잡아내야 해!'

하지만 그에게는 마지막 수단이 남아있었다. 그리고 칼스타인의 날카로운 검세를 막아가며 파라크 딘은 기회를 노리고 있었다.

칼스타인 또한 더 이상 시간을 끌 생각은 없었다. 파라크 딘에 비해서 상대적으로 적은 힘을 사용하고는 있지만, 회전과 나선의 검강은 보통의 검강보다 몇 배는 많은 힘을 사용해야 하는 기술이었다.

마나홀이 충분히 크지 않은 상태에서 쉬지 않고 검강을, 그것도 회전과 나선의 묘리까지 사용하는 검강을 뽑아내고 있었기에 소모전으로 간다면 칼스타인이 먼저 지칠 우려도 있었다. 그래서 그런지 칼스타인 역시 적극적인 공세를 펼쳐 나갔다.

파파파팍! 콰직!

'으윽!'

칼스타인의 나선 검강이 파라크 딘의 팔과 다리 몇 곳에

구멍을 만들어 주었고 그에 따라 그의 움직임이 눈에 띄게 느려졌다.

문장파괴술의 힘 또한 흩어지고 있는지 검붉던 검강의 농도도 약간 옅어진 느낌이었다.

'후우. 이제 끝낼 수 있겠군.'

파라크 딘의 상태를 본 칼스타인은 이제 최후의 일격을 가하기 위해서 마나를 돌렸고, 이내 혼원섬광의 식으로 나선 검강을 질러냈다.

검식의 이름처럼 섬광과도 같이 파라크 딘의 가슴을 뚫어내려던 칼스타인은 문득 자신의 대검을 앞세우고 있는 파라크 딘의 눈빛을 보았다.

그리고 상황에 맞지 않는 득의한 눈빛을 볼 수 있었다.

'음?'

뭔가 이상함을 느낀 칼스타인이 긴급히 진각을 밟으며 공중으로 솟구치려 하였는데 뇌리에 파라크 딘의 목소리가 들려왔다.

[이미 늦었다! 끝이다!]

그의 목소리와 함께 파라크 딘의 대검이 산산조각이 나며 칼스타인을 향해 쏘아져 나왔다. 마치 크레모어가 터지는 듯한 광경이었다.

파편 하나하나에 압축된 검강이 실려 있었기에 몇 조각만 맞아도 치명적이라 할 수 있는 일격이었다.

긴급한 상황에 칼스타인은 마나의 역류를 무릅쓰고 혼원섬광의 식을 해제하고 생명에 치명적인 부위를 중심으로 호신막을 펼치며 몸을 웅크렸다.

상당한 마나는 소모하겠지만, 목숨이 붙어 있다면 치유반지를 통해서 회복할 수 있을 것이라는 계산이 깔려 있는 행동이었다.

그 순간이었다.

[안 돼!]

셀리나의 목소리와 함께 저 멀리 떨어져 있던 그녀가 순간적으로 번개로 변하며 칼스타인의 앞에 나타났다.

사라질 때는 인간형이었지만 번개로 변한 뒤 새로이 나타날 때는 썬더버드의 본신이었기에 칼스타인의 몸 전체를 감쌀 수 있었다.

하지만 몸체가 큰 만큼 수백조각의 검강 파편을 대부분 맞을 수밖에 없었다.

[셀리나!]

순식간에 벌어진 일이라 칼스타인은 셀리나의 행동을 막을 수는 없었다.

만일 힘에 여유가 있었다면 그녀를 밀쳐내 버렸을 테지만, 지금 칼스타인 억지로 공격을 취소한 반작용을 무시하고 온 힘을 방어에 쏟고 있었기에 그녀를 밀쳐낼 여유조차 없었다.

파파파팍!

일초도 채 되지 않는 시간 만에 수백의 검강 파편이 그녀의 몸을 꿰뚫었고, 그녀는 학질에 걸린 것처럼 몸을 떨더니 서서히 흐려져 갔다.

버틸 수 있는 한계 이상의 피해를 입었기에 환계로 역소환 되는 것이었다.

문제는 단순히 힘이 다한 역소환이 아니라, 근원의 파괴로 일어나는 역소환이기 때문에 지금 역소환 된다면 영혼마저 사라질 수도 있다는 점이었다.

사실 웬만큼 피해를 입었을 때 바로 환계로 돌아간다면 다시 본신을 만드는데 시간이 걸릴지언정 영혼이 소멸되지는 않았을 것이었다.

하지만 셀리나는 칼스타인을 보호하기 위해서 강제 소환에도 버티며 검강의 파편을 맞았고 그 결과 근원조차 파괴되어 버린 상태였다.

지금 칼스타인 역시 약해지고 있는 그녀와의 연결고리를 느낄 수 있었다. 이대로라면 그녀는 소멸하고 말 것이었다.

[셀리나!]

흐려져 가는 그녀의 의식을 강렬한 심어로 붙잡은 칼스타인은 전 마나를 휘돌려 저 멀리 헐떡이고 있는 파라크 딘에게 혼원비검의 식으로 그랑 카이저를 쏘아냈다.

일단 그를 해치워야 둘의 안전이 보장되기 때문이었다.

조금 전 파검식을 사용한 후폭풍 때문인지, 파라크 딘은 움찔거리며 피하려고 하였지만 결국 피하지 못하고 그랑 카이저에게 미간이 꿰뚫려 절명하고 말았다.

[위업 달성! 단독으로 드라고니아의 족장 척살! 추가 대전 포인트 1,000,000 지급.]

위업달성의 시스템 메시지가 떠올랐지만 지금 칼스타인에게 그것이 중요한 것이 아니었다.

칼스타인은 메시지에도 아랑곳 않고 자신의 전 마나를 셀리나에게 주입하였다.

그런 칼스타인의 강력한 마나에 정신을 잃어가던 셀리나가 서서히 정신을 차렸다. 하지만 이것은 일시적인 현상이지 본원적인 치료가 되지는 못하였다.

어느새 그녀의 몸은 마나소모가 가장 적은 인간형으로 변해 있었는데 그 인간형의 몸조차 흐릿해져 있는 상태였다.

[오… 오빠….]

[그래, 리나야. 정신은 좀 들어?]

[하… 항상… 함…께… 하고…. 싶었는데…. 미….
안…해요….]

정신은 들었지만 여전히 연결은 흐렸고 끊어지기 직전
이었다.

셀리나 역시 그런 자신의 상황을 본능적으로 알고 있
기에 칼스타인에게 이별의 말을 고했다.

[무슨 소리야! 넌 내 소환수잖아! 내 것이잖아! 누구 마
음대로 간다는 거야!]

항상 냉정을 유지하던 칼스타인이 전례 없이 흔들리는
모습을 보였다.

지금 칼스타인은 셀리나에게서 과거 가족의 상실을 느
끼고 있었다. 누이가 그리고 여동생이 비참하게 죽었던
모습이 떠오르며 그들을 지키기 못했던 과거의 자신이
상기되었다.

'더 이상 내 가족을 잃지 않아!'

셀리나는 이미 칼스타인에게는 가족과도 같은 존재였
다. 그래서 그녀를 잃을 수 없었다.

하지만 지금 단순히 마나만 주입하는 것으로는 죽음에
이른 그녀를 살릴 수는 없었다.

오히려 인간이라면 회복물약을 동원한 혼원무한신공의 요상결, 치유결을 통해서 승부를 걸어볼 수도 있을 테지만, 셀리나는 인간이 아닌 소환수였다.

그리고 소환수의 근원이 깨어진 상태에서 그녀를 유지시킬 방법은 지금으로서는 없었다. 이대로라면 그녀는 서서히 흐려져서 사라져 버릴 것이었다.

하지만 칼스타인은 포기하지 않았다. 셀리나에게 계속 마나를 주입하면서도 빠르게 방법을 찾던 칼스타인은 지금 3백만 포인트가 넘게 있는 포인트에 생각이 닿았다.

'그렇지! 포인트! 포인트 상점에는 뭔가 방법이 있을 거야!'

대전 포인트 상점에는 그야말로 온갖 물품이 존재하였다. 사소한 생필품과 소모품부터 막강한 능력을 지닌 무기와 이능에 이르기까지 인간이 생각할 수 있는 모든 상품을 제공해 주고 있었다.

칼스타인 역시 여기서 제공하는 마나증가제를 통해서 그랜드마스터의 경지에 오르지 않았던가.

그렇기에 칼스타인이 이 포인트 상점에 마지막 기대를 거는 것도 무리한 일이 아니었다.

더군다나 3백만 포인트라는 막대한 포인트를 얻은 뒤로

아직 상점의 목록은 본 적이 없었기에, 칼스타인은 상당한 기대감을 갖고 재빨리 목록을 살폈다.

'음….'

칼스타인은 3백만 포인트 모두를 셀리나를 위해서 사용할 생각을 하였지만, 지금의 상황을 한 번에 타개해 줄 물건은 보이지 않았다.

박정아의 마나홀을 치유해준 [아리아나의 축복] 또한 80만 포인트의 가격으로 존재하고 있었고, 인간이라면 어떤 상처나 질병도 완벽히 치료해주는 [엘가의 치유]라는 물약도 100만 포인트에 팔리고 있었다.

그러나 소환수의 근원을 회복 시켜주는 물품은 보이지 않았다.

'크윽… 방법이 없는 건가….'

칼스타인이 상점 목록을 보는 동안에도 셀리나의 기운은 점점 옅어지고 있었다. 근원이 부서진 상태이기에 그녀의 영혼은 환계로 돌아가지도 못할 것이었다.

남은 시간은 많지 않았다. 길어야 몇 분 뒤면 셀리나는 사라질 것이었다. 그걸 알려주기나 하는 듯 어느새 셀리나는 다시금 정신을 잃었다.

칼스타인의 마나 주입도 큰 효과를 보이지 못하고 있다는 말이었다.

셀리나가 다시 혼절한 것을 확인한 칼스타인은 수만개가 넘는 상점의 물품 목록을 미친 듯이 뒤지기 시작했다.

이제는 분 단위가 아닌 초 단위의 시간 밖에 남지 않았다는 생각이 들 때 쯤, 칼스타인은 두 가지 물품의 설명을 창에 띄워놓고 짧은 고민을 하였다.

'이걸로 될까? 후… 시간이 많았다면 더 찬찬히 살펴봤을 텐데… 지금으로서는 방법이 없어. 일단 이 방법을 시도해 볼 수밖에.'

결정을 내린 칼스타인은 재빨리 두 가지 물품을 구매하였다. 그가 구매한 물품의 이름은 2백만 포인트의 [정화의 불꽃]과 1백만 포인트의 [영혼의 그릇]이었다.

[정화의 불꽃]은 소환수를 정화의 불꽃으로 살라 재각성을 시켜주는 소모품으로 소환수에 따라서 등급을 뛰어넘는 각성을 하는 경우까지 있다고 설명되어 있었다.

그리고 [영혼의 그릇]은 네크로멘시를 연구하는 마법사들의 영혼을 사기(死氣)에서 보호하고 결정적으로 그들의 영혼이 명계로 끌려가지 않도록 해주는 기능이 있었다.

두 물품 다 직접적으로 셀리나를 치유해주는 물건은 아니었다. 하지만 지금 당장 셀리나가 사라질 상황에서 칼스타인은 도박수를 던질 수밖에 없었다.

[영혼의 그릇]으로 사라진 근원을 대체하고 [정화의 불꽃]으로 근원을 대체할 수 있는 에너지를 주고자 하는 방법이었다.

처음으로 시도하는 새로운 시도였기에, 성공의 여부는 확언할 수 없었다. 그러나 다른 대안이 없는 상황에서 칼스타인이 할 수 있는 선택은 이것 뿐이었다.

'시간이 없다. 서둘러야 해.'

먼저 칼스타인은 먼저 [영혼의 그릇]을 그녀의 근원에 덮어 씌워 근원이 사라지더라도 영혼이 사라지지 않고 그릇으로 흘러 들어갈 수 있게 조치를 하였다.

상점에서 구매한 물품들은 구매자가 아니면 사용할 수 없었지만, 영혼이 연결되어 있는 셀리나는 구매자로 인식되는지 그녀에게 사용하는 것에는 지장이 없었다.

칼스타인은 이어서 [정화의 불꽃]을 셀리나의 몸에 시전 하였다. 이 정화의 불꽃은 신비로운 녹색의 불꽃을 피어 올리더니 그녀의 몸 위에서 춤을 추듯 불타올랐다.

한동안 불타오르던 그녀의 신체는 이내 잿가루 하나 남기지 않고 모두 사라져 버렸다.

신체는 사라졌지만 하나 남은 것이 있었다. 바로 주먹만한 크기의 은빛 구체였다.

칼스타인이 은빛 구체에게 오른 손을 내밀어 잡으려고 하자 그 구체는 자연스럽게 칼스타인의 손 안으로 스며 들어버렸다.

'음? 이건 생각하지 못했는데… 나에게 자리 잡은 것 인가?'

[영혼의 그릇]은 원래 육체에 자리 잡는 것이었는데 육체가 사라져버리자 [영혼의 그릇]만이 따로 남은 것이었다.

그런 상황에서 칼스타인이 이것과 접촉하자 자연스럽게 칼스타인의 몸에 자리하게 된 것이었다. 아무래도 그녀의 주된 에너지가 혼원무한신공의 마나인 것이 일조를 한 것 같았다.

영혼의 그릇이 들어오면서 칼스타인은 지금 선명하게 셀리나의 영혼을 느낄 수 있었다.

전에는 영혼의 끈이 연결된 정도였지만, 지금은 그의 내부에 그녀의 영혼이 들어있기 때문이었다.

물론 의식을 잃은 그녀와 의사소통을 주고받을 수는 없었다. 단지 그녀의 영혼을 느낄 뿐이었다.

'일단 영혼이 이탈하지는 않았네. 반쯤은 성공한 것이라고 봐도 되려나….'

사라져 버린 근원에서 그녀의 영혼을 붙잡는데 성공했음

에도 칼스타인은 단지 반쯤의 성공이라 자평할 뿐이었다.

그것은 그녀의 영혼이 제대로 자리 잡고 의식을 찾고 신체를 구현할 수 있는 상태가 될 것이라는 보장을 할 수 없었기 때문이었다.

'[정화의 불꽃]이 제 기능을 해줘야 할 텐데….'

칼스타인의 생각대로 된다면 [정화의 불꽃]이 셀리나가 새로이 근원을 만들 만한 충분한 에너지를 주어, 영혼의 그릇이 새로운 근원의 역할을 할 수 있을 것이었다.

하지만 만일 충분한 에너지가 만들어지지 않는 다면 셀리나의 영혼은 영원히 의식을 잃은 채 영혼의 그릇에 단지 '담겨져만' 있게 될 가능성이 높았다.

결국 지금 셀리나의 상태는 칼스타인의 생각처럼 절반만 성공한 상태였다. 문제는 나머지 절반의 부분은 지금 당장 어떻게 할 수 있는 것이 아니라는 것이었다.

[정화의 불꽃]으로 소환수가 재각성하기 까지는 소환수에 따라서 천차만별의 시간이 필요하기에 막연히 기다릴 수도 없었다.

'후… 일단은 돌아가자.'

얼마나 시간이 지났는지 이미 파라크 딘의 사체는 사라진 상태였고 그 자리엔 그랑 카이저만이 덩그러니 놓여있었다.

칼스타인은 그랑 카이저의 소환을 해제한 뒤 빠르게 집결지 아르카디움 쪽으로 걸음을 옮겼다.

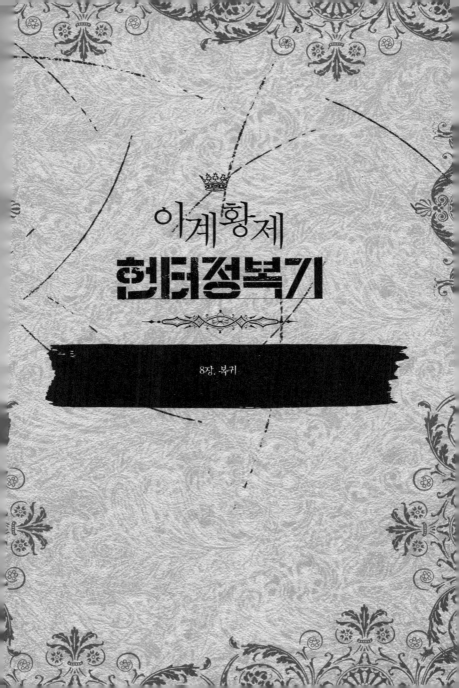

이계황제 헌터정복기

8장. 복귀

8장. 복귀

초음속으로 날 수 있는 셀리나 없이 집결지로 돌아오
려다 보니 생각보다 많은 시간이 흘렀다.

물론 칼스타인도 순간적으로는 초음속 이상의 속도를
보일 수 있었지만, 몇 시간 동안 그렇게 움직이는 것은
마나의 소모 때문에 거의 불가능한 일이었다.

집결지로 돌아온 칼스타인을 가장 먼저 맞이한 사람은
바로 케론이었다.

"대장님, 오셨습니까? 고생 많으셨습니다."

케론은 임무의 성공여부는 묻지 않았다. 왜냐하면 그
의 임무 목록에서 라파이움의 코어 파괴에 대한 임무가

사라졌기 때문이었다.

　케론과 이야기를 나누는 동안, 에이나와 성소현 역시 칼스타인에게 인사를 건넸다.

　그렇게 인사를 나누는데 문득 성소현이 셀리나의 이야기를 꺼냈다.

　"수혁아. 근데 리나 타고 온 거 아니야? 리나가 안 보이네. 소환 해제 한 거야?"

　셀리나의 이야기에 잠시 칼스타인은 멈칫하였지만 굳이 숨기지 않고 입을 열었다.

　"리나는 당분간 보기 힘들 거야."

　"응? 무슨 일 있는 거야?"

　셀리나가 없다는 말에 성소현 뿐만 아니라 케론과 에이나 역시 의아한 표정으로 칼스타인을 바라보았다.

　"그러니까 지금 셀리나는……."

　칼스타인은 간략하게 상황을 설명하였다. 자신을 구하려다 치명상을 입었고, 지금은 회복을 위해 당분간 소환에 응하기 힘들다는 것 정도로 이야기 하였다.

　하지만 얼마의 시간이 걸리는지는 굳이 언급하지 않았다. 그러나 칼스타인의 분위기에서 심각함을 느꼈는지 성소현은 걱정스러운 말투로 반문하였다.

　"돌아오는데 얼마나 걸려? 아니 돌아 올 수는 있는

거지?"

"돌아 올 수 있을 거야… 반드시 돌아 올 거야."

마지막의 덧붙임은 자신의 바램이었다. 누구보다도 셀리나가 돌아오기를 바라는 사람이 칼스타인이었기 때문이었다.

다만, 그런 강한 어조에서 도리어 더 큰 불안감을 느낀 성소현의 눈은 눈물이 차오르며 그렁그렁하게 변했다.

"수… 수혁아… 리나, 도… 돌아오는 거지?"

"그렇다니까. 그러니까 걱정하지 마."

셀리나의 부재 때문에 일행의 분위기는 무거웠는데 밖에서 들려오는 소리에 이런 분위기를 계속 유지할 수는 없었다.

지금 숙소 밖에는 홀로 주둔지의 코어 파괴라는 업적을 세운 칼스타인이 복귀한 것을 알고 수많은 마스터들이 칼스타인에게 축하 인사를 하기 위해서 일행의 숙소 앞에 온 상황이었기 때문이었다.

명목이야 축하 인사라고 하지만 그 실상은 그랜드마스터 급의 강자와 조금이라도 더 안면을 트고자 하는 목적인 것 같았다.

일단 그들을 보내야겠다는 생각을 한 케론은 잠시 자리에서 일어나서 밖으로 향했다.

케론이 숙소 밖으로 나오자 성질 급한 헌터들은 앞다투어 케론에게 질문을 던졌다.

"케론씨. 이 헌터는 왜 안 나오는가?"

"이 헌터! 술 한잔 합시다. 이런 업적을 세웠으면 응당 축하파티를 해야지!"

"축하 파티 좋네!"

아직 대전이 끝나지는 않았지만 집결지 아르카디움의 주적인 주둔지 라파이움이 부서졌으니, 이번 대전에서 아르카디움은 충분히 제 몫을 한 상태라 할 수 있었다.

물론 추가적인 임무나 적들이 출현할 가능성은 높았지만, 주요 임무가 해결 된 상태이기에 그런 추가 임무들은 어찌보면 강제가 아니라 선택에 가까웠다.

그렇기에 이들의 이런 들뜬 모습도 과한 것은 아니었다.

하지만 일행 중 하나라 할 수 있는 셀리나가 그렇게 된 상황에서 축하 파티는 있을 수 없는 일이었다.

주변에서 환호성을 지르던 헌터들은 케론이 침중한 표정으로 가만히 있자, 그제야 분위기를 파악했는지 조심스럽게 되물었다.

"케론씨, 무슨 일이 있는가?"

"표정이 왜 그러나? 무슨 일이야?"

분위기가 어느 정도 진정되자 케론은 나직하지만 다소 큰 목소리로 말을 이었다.

"들뜬 분위기를 가라앉히는 것 같아 죄송하지만, 일행 중 한명이 큰 부상을 입은 상태입니다. 지금 그 일행을 이 헌터님이 치료 중에 있으니 자리를 좀 피해주시면 감사하겠습니다."

케론의 정중하지만 무거운 말에 주변의 헌터들은 대부분 고개를 주억거리며 자리를 피하였다.

몇몇 헌터들은 아쉬운 표정을 감추지 못하였으나, 지금 자신들이 할 수 있는 것이 없는 상황이니 어쩔 수 없다는 표정으로 물러섰다.

그렇게 모든 헌터들을 보낸 케론은 다시 숙소로 들어왔다. 그 때 시스템의 새로운 메시지가 떠올랐다.

[지구방어 대전 집결지 임무]

임무명 : 잔당 처리

임무내용 : 주둔지 라파이움에 남은 라파칸 족의 잔당을 처리하라.

임무등급 : B-상급

임무대상 : 이수혁 파티

임무보상 : 임무 기여도에 따라 대전 포인트 5,000 ~ 500,000

잔당 처리에 대한 임무였다. 주둔지의 코어가 파괴된 이상 주둔지에 있는 라파칸 족들은 별다른 보호를 받을 수 있는 입장이 아니었다.

따라서 지구의 헌터들도 충분히 해볼 만한 상황이라 할 수 있었다.

"대장님. 새 임무가 떨어졌습니다. 어떻게 하시겠습니까?"

케론의 말에 성소현과 에이나는 칼스타인을 바라보았다. 이곳의 의사결정권자는 칼스타인이었기에 당연한 반응이었다.

잠시 생각을 하던 칼스타인은 무거운 목소리로 대답했다.

"너희들끼리 다녀와. 난 셀리나를 회복시키는 부분에 집중해야겠어."

"아…."

칼스타인의 노력이 얼마나 도움이 될 지는 알 수 없었지만, 무작정 그냥 그녀가 돌아오기만을 기다릴 수는 없었다.

그나마 다행인 점은 셀리나의 영혼의 그릇이 칼스타인의 체내에 자리잡아 칼스타인이 개입할 수 있는 일말의 여지가 생겼다는 부분이었다.

칼스타인의 대답을 들은 일행은 별다른 말을 하지는 못했다. 일행들의 반응을 본 칼스타인은 다시 한 번 진지하게 입을 열었다.

"나 신경 쓰지 말고 적극적으로 포인트를 획득해. 저번에 그랬듯이 이번에도 내가 포인트 상점의 물품 중에서 너희들에게 필요할 만한 목록을 뽑아 줄 테니까 말이야."

칼스타인이 지금까지 얻은 포인트는 4백만 포인트에 달하였다.

물론 대부분을 사용한 지금은 삼십만 포인트도 채 남지 않았지만 어쨌든 그가 볼 수 있는 목록은 획득한 포인트를 기준으로 하기에 4백만 포인트 정도의 상품들을 다 볼 수 있었다.

그리고 그 중에서는 분명 일행들에게 도움이 되는 상품들도 있었다. 물론 위업을 달성하지 못한다면 짧은 시간에 백만 포인트 이상의 물품을 사기는 힘들겠지만, 어쨌든 칼스타인은 포인트에 따라 필요한 물품을 알려줄 생각이었다.

"이번 대전이 얼마나 남은 지는 모르겠지만, 지구로 가면 대전 포인트 상점을 이용하지 못할 거야. 여기 있는 동안 얻을 수 있는 것은 다 얻어야지."

칼스타인의 말을 들은 세 명의 일행은 눈을 빛내며 고개를 끄덕였다. 저번에 포인트로 단 무구들도 충분히 위력적이었기에 일행들은 칼스타인의 말에 동의할 수밖에 없었다.

그리고 이 세 명에게는 자신들이 약해서 코어 파괴 임무에 함께 하지 못했고, 그 결과 셀리나가 저렇게 되었다는 부채의식이 있었다.

능력을 키워야 한다는 절박함이 있는 상황에서 포인트 상점의 물품 구매를 통한 무력의 강화는 충분한 동인(動因)이 되었다.

"알겠습니다. 최대한 많은 포인트를 획득해서 이번에는 전설 등급의 아티팩트를 얻을 수 있도록 하죠!"

전설등급의 아티팩트를 얻으려면 평균적으로 백만 포인트는 획득해야 하기에 지금 상황에선 거의 불가능하다 여겨졌다.

하지만 케론은 구체적인 목표를 언급하며 자신의 의지를 다졌다.

"저도 꼭 전설등급을 목표로 해야겠어요."

"나도 나도! 내 치유 능력을 키우면 리나에게도 도움이 될거야!"

성소현의 능력은 생명체를 치유하는데 특화되어 있어

소환수의 치료와는 무관하였지만, 칼스타인은 굳이 그
점을 언급하지는 않았다.

"그래, 다들 힘을 내줘. 일단 난 숙소에서 명상하고 있
을 테니. 혹시 특임대나 중앙의 봉인지에서 오는 인물이
있으면 알려줘."

이곳의 인물들과 따로 친분을 더 쌓아야 할 필요는 없
었다. 이미 친해질 필요가 있는 인물들과는 대부분 친분
을 쌓은 상태고, 지금에 와서 접근하는 자들은 아마 그랜
드마스터가 된 칼스타인을 이용하고자 하는 자들일 가능
성이 높았다.

하지만 봉인지에서 오는 인물들은 달랐다. 진정한 정
보를 얻기 위해서라도 그들과는 접촉할 필요가 있었다.

"알겠습니다."

❖

똑똑.

숙소에서 책을 보고 있던 엘레나는 노크 소리에 문을
향해 말했다. 문에 창문 같은 것은 없었지만 기감만으로
그녀는 누가 왔는지 알 수 있었다.

"들어와요. 에드워드."

엘레나를 찾은 사람은 마탑의 탑주 에드워드였다. 흰색 로브를 입고온 에드워드는 단도직입적으로 엘레나에게 물었다.

"엘레나, 봉인의 보완은 어디까지 이루어졌지?"

"내가 마칠 때가 대략 80% 정도였으니 지금은 그 보다 조금 더 되었을 거에요. 에드워드."

"80%라…."

엘레나의 대답이 만족스러웠는지 에드워드는 고개를 끄덕였고, 그런 그를 보며 이번에는 엘레나가 물었다.

"그런데 에드워드 주둔지 파괴는 어느 정도 진행 되었나요?"

"16개."

"16개라. 그럼 이제 세 개 남은 건가요? 그럼 집결지의 상황은 어때요?"

집결지의 상황을 묻는 엘레나의 질문에 에드워드는 미간을 살짝 찌푸리더니 대답했다. "두 개가 부서졌어."

"위험 신호가 오면 특임대를 보냈음에도 두 개나 잃은 건가요?"

"라파칸 족의 애송이가 미치광이처럼 날뛰는 바람에 그렇게 되었지."

"라파칸 족이라면…. 아. 그 도마뱀 대가리를 한 드라고니아 말이군요."

드라고니아 종족, 보통 드라고니안이라 불리는 이 종족의 안에는 다양한 세부 종족이 있었고, 그 세부종족에 따라서 모습이 상당히 달랐다.

보통은 인간형의 모습에 뿔이나 날개, 비늘 정도가 있는 종족이 많았지만, 라파칸 족은 특이하게 도마뱀과 같은 머리와 꼬리를 갖고 있어 특히 눈에 띄는 종족이었다.

"그래. 그 놈 말이야. 새로이 족장에 오른 놈 같던데 처음이라 그런지 날뛰는 것이 보통이 아니더군. 특임 3조를 보냈는데 죽이지는 못하고 쫓아내는 것이 다였지."

"족장이라면 그랜드마스터 급일텐데, 3조는 어떻게 되었나요?"

"3조는 두 명이 죽고 다섯 명이 중상이야. 그나마 멀쩡한 건 조장을 포함해서 세 명 뿐이군. 쫓아낸 게 용하지."

"3조 조장이라면… 알시온이죠?"

"그래. 알시온. 그 놈도 이번에 큰 코를 다쳤지. 그런데 특이한 점은 라파칸 족의 주둔지가 파괴되었다는 거야."

라파칸 족의 주둔지가 파괴되었다는 이야기에 엘레나는 의아한 듯 반문하였다.

"네? 라파칸 족의 족장을 잡지는 못했다면서요. 혹시 누가 특임대를 임의로 운용한 건가요?"

특임대는 긴급한 경우를 제외하고는 7명의 절대강자 중 네 명의 동의가 있어야 움직일 수 있었다.

물론 긴급한 상황에서는 절대강자 중 한 명이 임의로 지시를 내릴 수 있었으나 그것은 상당한 정치적 부담을 가지는 일이기에 자주 있지는 않았다.

"아니야. 집결지의 헌터들이 파괴한 것이더군."

"어느 집결지죠?"

"아르카디움."

"아르카디움…..은 그랜드마스터가 없는 곳 아닌가요? 아무리 라파칸 족의 족장이 없다 해도 대전사들은 있었을 텐데… 그들을 해치우고 코어를 파괴하려면…. 아!"

뭔가 생각났다는 듯한 엘레나의 반응에 에드워드는 피식 웃으며 먼저 답을 이야기 하였다.

"그랜드마스터로 각성한 자가 나왔겠지."

"그렇겠군요. 호오… 포섭을 해야겠네요."

포섭을 이야기하며 눈을 빛내는 엘레나를 바라보는 에드워드는 고개를 내저었다. 그녀의 인재 욕심은 말릴 수가 없었다.

'후계자를 세울 수 없는 몸이니 어쩔 수 없는 건가.'

어떤 식으로 포섭을 할지 대강의 생각을 마친 엘레나는 문득 한숨을 쉬며 말했다.

"휴… 그럼 이제 남은 집결지는 7개네요. 다음 대전까지 몇 개나 회복할 수 있을지 모르겠네요."

"7차 때가 뼈아팠지."

"그러게 말이에요. 그 때만 제대로 했었어도 다섯 개는 더 살릴 수 있었을 텐데. 그럼 봉인의 보완도 한층 더 쉬웠을 테고요."

안타깝다는 듯 이야기하는 엘레나를 보며 에드워드는 냉정하게 말했다.

"지나간 이야기 해봤자 무슨 소용이 있겠어? 어쨌든 80% 채웠으면 다음 로테이션 때는 재봉인을 끝낼 수 있겠군."

"그래요. 주둔지도 세 개 남았으면 비슷하게 떨어지겠네요."

"그렇겠지. 아. 지금 봉인지에 누가 있지?"

"음… 아마 로드 가레스 차례일 거예요."

"가레스라면 아직 내 차례까지는 여유가 있군. 그럼 수고."

에드워드는 간단히 인사를 하고 엘레나의 방을 나섰고, 엘레나는 지금까지 읽던 책을 덮고 잠시 생각에 잠겼다.

'새로운 각성자라. 오랜만이네. 아르카디움이면 동아시아 쪽이지?'

잔당 처리에 대한 임무가 내려온 지도 벌써 한 달이라는 시간이 흘렀다.

그 동안 집결지의 헌터들을 비롯하여 케론, 에이나 그리고 성소현은 열심히 잔당을 소탕하였다.

반면 칼스타인은 셀리나의 영혼의 그릇을 받아들인 이후로 숙소에서 한발자국도 벗어나지 않고 계속 명상에 잠겨 있을 뿐이었다.

단순한 명상은 아니었다. 칼스타인의 몸 안에 자리 잡은 [영혼의 그릇]에 혼원무한신공의 마나를 불어넣고 있는 작업이었다.

물론 쉽게 이루어지지는 않았다. 셀리나의 핵심 마나가 혼원무한신공의 마나였지만 현재 그 마나가 담겨 있던 근원은 소실된 상태였고, 지금은 전혀 혼원무한신공과 전혀 관계없는 [정화의 불꽃]에서 나온 마나가 [영혼의 그릇]에 담겨있는 상태였기 때문이었다.

단순히 담겨 있는 것은 아니었다. [정화의 불꽃]은 [영혼의 그릇] 전체를 대상으로 정화의 기운을 불어넣고 있는 중이었다.

그리고 지금 칼스타인이 하는 작업은 그 정화의 기운에

더해 혼원무한신공의 마나를 불어넣는 것이었는데, 전혀 다른 마나이다보니 큰 진전은 없었다.

'후… 일할은 커녕 일푼도 들어가지 못하는 구나.'

처음 소환수를 받아들이고 자신의 영혼에 각인할 때에는 마나를 주입하는 것은 자신의 몸에 마나를 주입하는 것처럼 자연스러웠다.

하지만 지금은 영혼의 끈이 일부 이어져 있긴 하지만 [영혼의 그릇]이라는 별도의 공간에 근원을 마련하는 작업을 하다보니, 보통의 소환수와 소환자의 관계와는 전혀 다른 상태였다.

그래서 단순히 마나를 주입하는 것조차 쉽지 않은 상태였다.

하지만 [정화의 불꽃]이 그녀가 새로운 근원을 형성하는데 충분한 마나를 제공하지 못한다면, 그녀는 영원히 [영혼의 그릇] 안에 있을 수밖에 없었으므로 칼스타인 입장에서는 포기 할 수 없는 작업이었다.

'뭐가 문제지?'

칼스타인의 생각대로라면 효율은 다소 떨어질지언정 최소 일할에서 삼할까지는 흡수가 되어야 했다.

하지만 지금은 일푼도 채 안 되는 마나만이 들어갈 뿐이기에 문제를 찾아서 해결할 필요가 있었다.

'뭘 놓치고 있는 것이지? [영혼의 그릇]이 가진 마나패턴을 읽어서 그와 동화된 혼원무한신공의 마나를 주입한다면 자연스럽게 스며들어야 할 텐데….'

한 달의 시간 동안 칼스타인은 마나를 연구하였지만 뚜렷한 답이 나오지 않았다.

그리고 그 동안 셀리나가 깨어나지 못한 것으로 보아 자신의 마나가 반드시 필요한 상황이라는 것에 생각이 닿았다.

결국 이 문제를 해결하는 것만이 셀리나를 다시 부활시킬 수 있는 열쇠였다.

그렇게 다시 고민을 시작하려는 칼스타인의 눈앞에 시스템의 메시지가 떠올랐다.

[대전 종료. 승리하였습니다. 대전에서의 성과에 따라서 추가 대전 포인트를 지급합니다. 이번 대전에서 얻은 포인트는 차기 대전으로 승계되지 않으니 지구로 귀환하기 전에 모두 소진하실 것을 권합니다. 지구로 귀환은 1시간 뒤에 시행됩니다.]

'음? 승리했다고?'

지난 대전에 참여했던 헌터들의 이야기에 따르면 보통 20차 방어전 전후에서 대전 전체의 승패가 나온다고 했었다.

하지만 라파칸 족의 주둔지를 파괴한 뒤로는 집결지 아르카디움에는 방어전은 없었고 잔당 처리 임무만이 있을 뿐이었다.

더군다나 칼스타인은 주둔지 파괴임무 후에는 어떠한 임무를 수행하지도 않고 있기에 더 시간에 대해서 무감각해진 상태였다.

그래서 현재 몇 차 방어전까지 진행되었는지 알 수는 없었다. 만일 특임대라도 방문을 하면 대전 전체의 진행에 대해서 물어보려고 하였지만, 주둔지가 파괴되어서 그런지 그들은 이곳에 오지 않았다.

사실 셀리나가 이렇게 되기 전에는 라파이움 처리 후 다른 집결지나 주둔지를 찾아가볼 생각도 하였지만 지금은 그럴 여유는 없었다.

또한 이곳이 대전 속 세상이 얼마나 넓은지 알 수 없는 상황에서 셀리나라는 기동력 없이 무작정 돌아다니는 것도 무척이나 비효율적인 일이었다.

[이수혁님은 대전 승리 보상으로 1,715,425 포인트의 추가 포인트가 제공됩니다.]

아까 시스템 메시지에서 나온 추가 포인트였다.

혼자서 주둔지의 코어와 부족장을 척살하는 등의 위업을 세워 나름 점수가 높을 것이라는 추측은 하였지만,

이 정도로 많은 포인트를 줄 것이라는 예상은 하지 못했기에 칼스타인은 지급된 추가 포인트의 양에 약간 놀랐다.

'호오… 생각보다 많은데? 백칠십만이라니….'

지금 가지고 있는 40만 포인트 정도를 합치면 2백만 포인트에 달하는 막대한 포인트였다.

2백만 포인트라면 다시 한 번 상점을 통해서 문제를 해결해 볼 만한 정도의 대량의 포인트였다.

'일단 상점 목록을 보자.'

이번엔 한 시간의 시간이 있었다. 서둘 것이 아니라 천천히 확인해 보면서 셀리나에게 도움을 줄만한 물품을 찾아야 했다.

마법적인 지식이 상당한 에이나라도 옆에 있었다면 그녀에게 조언을 구했을 테지만, 지금 그녀는 케론, 성소현과 함께 잔당 처리 임무를 수행하고 있었다.

지구에 가면 만날 수 있을 테지만 지금 당장 도움을 받기는 힘들었다.

'음….'

한 시간이라는 시간은 생각보다 금방 흘러갔다. 하지만 시간을 거의 다 쓸 때까지 칼스타인은 셀리나에게 직접적인 도움을 줄만한 물품을 찾지는 못했다.

애초에 기본적으로 사용자 위주의 물품이 99%였기에 소환수와 관련된 물품자체가 적었다.

'후… 이번에도 플랜B인가?'

결국 칼스타인은 대안으로 생각해 두었던 선택을 할 수 밖에 없었다. 칼스타인이 구매한 물품은 [나스론의 상급 마나증가제]였다.

지금 칼스타인은 그랜드마스터에 올랐지만, 중급 증가제를 촉매로 사용하면서 억지로 경지를 끌어올렸기에 생각보다 마나홀의 크기가 작은 상태였다.

그래서 칼스타인은 새로이 마나홀을 키울 생각을 하고 있었고, 그를 위해 상급 마나증가제를 구매한 것이었다.

여기까지만 본다면 셀리나의 회복과는 무관해 보였다. 하지만 칼스타인은 복안이 있었다.

지금 셀리나가, 정확히 말하면 그녀의 영혼을 담고 있는 [영혼의 그릇]이 그의 마나를 받아들이지 못하는 이유를 칼스타인은 압력의 부족으로 생각하고 있었다.

그래서 새롭게 마나홀을 키우는 과정에서 생기는 막대한 후폭풍을 이용하여 셀리나에게 마나를 주입할 생각이었다.

그의 생각대로 된다면 일석이조의 결과가 나오는 것이었다.

'문제는 생각대로 되어야 한다는 것이겠지.'

만일 생각대로 되지 않고 오히려 후폭풍에 [영혼의 그릇]이 부서지려 한다면, 칼스타인은 그 후폭풍을 막기 위해서 마나역류를 일으킬 생각도 하고 있었다.

그렇게 된다면 엄청난 내상을 입고 당분간 마나를 사용할 수 없는 몸이 될 수도 있을 것이었다.

'그래도 셀리나를 지키려면 어쩔 수 없겠지. 시작하기 전에 엘리니크와 이야기를 더 해봐야겠어.'

셀리나가 그렇게 된 이후 칼스타인은 헤스티아 대륙에서 셀리나를 치유하기 위해서 그녀를 불러오려고 해보았다.

하지만 그녀의 소환은 결과적으로 실패하였다. 정확한 이유는 알 수 없었지만, 엘리니크와 이야기를 해본 결과 두 가지 이유가 추정 되었다.

연결은 유지되고 있으나 근원을 상실하고 의식마저 잃어버린 상태라 연결 자체가 매우 약하다는 추정과 환계의 근원이 사라지고 이제 [영혼의 그릇]으로 근원이 옮겨졌기에 기존의 통로가 사라졌다는 추정이었다.

어떤 이유인지 아직 정확히 알 수는 없지만, 이유야 어떻든 지금으로서는 헤스티아 대륙에서도 셀리나를 부르기 힘들다는 사실이 중요할 뿐이었다.

'일단 마나증가제를 사서 해볼 수밖에 없겠군.'

한 시간이라는 유예시간의 마지막까지 고민하던 칼스

타인은 결국 한 시간이 되기 직전 [나스론의 상급 마나증 가제]를 구매하면서 가진 포인트의 대부분을 소진하였다.

그렇게 진한 보랏빛 플라스크를 손에 쥐고 그것을 압축가방으로 옮기는 동시에 세상은 검게 변해 버렸다. 아니 시야가 검게 변하며 몸이 어디론가 빠져나가는 느낌이 들었다.

바로 대전이 종료 된 것이었다.

❖

대전을 마치고 귀환한 곳은 대전에 입장할 때와 같은 곳이었다. 대전의 세상 속에서는 어디에 있었던지 간에 대전이 종료될 때에는 입장했던 곳으로 귀환 되었다.

당연히 칼스타인, 케론, 에이나 그리고 성소현은 대전에 입장했을 때의 장소인 칼스타인의 방에서 귀환을 맞이하였다.

"다들 수고 많았어. 목표치는 달성한 거야?"

칼스타인은 셀리나를 치료하기 위해서 집중한 뒤로 일행들과도 거의 대화를 나누지 않았기에 케론과 에이나, 성소현이 얼마의 포인트를 모았는지도 알 수 없었다.

게다가 대전 종료시의 추가 포인트도 있었으니 칼스타인은 그들이 얼마의 포인트를 모았고 마지막에 어떤 물품을 구매하였는지 짐작조차 가지 않았다.

"하하. 간신히 맞췄습니다. 60만 포인트의 [라피트의 대검]을 살 수 있었지요."

"흐음… 역시 120만 포인트는 무리였나?"

"네. 저도 110만 포인트를 모아 전설 등급의 아티팩트인 [라이오스의 징벌]을 구매하고 싶었지만, 도저히 안 되겠더라구요. [라피트의 대검]도 포기하나 했는데 추가 포인트가 20만이나 나와서 간신히 구매할 수 있었습니다."

칼스타인은 총 오백만 포인트가 넘는 막대한 포인트를 모았지만, 평범한 헌터라면 백만포인트도 정말 힘들다고 할 수 있었다.

따라서 지금 케론이 모은 60만 포인트도 상당한 성과라 할 수 있었다.

"에이나는?"

"제가 구매한 [시오나의 법봉]은 40만 포인트 밖에 하지 않아서 생각보다 힘들지 않았습니다."

마지막으로 성소현은 칼스타인이 묻기도 전에 밝은 얼굴로 대답했다.

"나도 샀어. [알링턴의 팔찌] 말이야. 종료 때까지 30만 포인트도 못 모아서 완전 포기하고 있었는데, 추가 포인트로 30만 가까이 들어왔지 뭐야. 그래서 잽싸게 구매했지. 히힛."

아무래도 치유 쪽에 특화 되어 있는 성소현은 다른 이들에 비해서 포인트를 얻기가 힘들었을 것이었다.

하지만 기여도에 따른 추가 포인트에는 그런 특성이 반영 되어 있는지, 추가 포인트만을 따졌을 때 성소현이 케론 보다 많은 포인트를 얻을 수 있었다.

"잘 되었네. 나는 아쉽게도 큰 성과를 보지 못했어."

"네? 대장님이 주둔지도 파괴하고 족장도 해치웠는데 추가 포인트가 별로 나오지 않았던 겁니까?"

"아니. 그 말이 아니야. 추가 포인트는 140만 가까이 나왔어. 그래서 상급 마나증가제도 살 수 있었고."

"140만! 그런데도…? 아…."

그제야 칼스타인이 말한 성과라는 것을 이해한 듯한 케론이 탄성을 내자, 칼스타인이 고개를 끄덕이며 말했다.

"그래, 셀리나 이야기다. 이런 저런 방법을 시도했지만 큰 성과가 없었다. 그래서 지금은 다른 방법을 생각 중이야."

이번엔 에이나가 말을 받았다.

"어떤 방법이신지…?"

칼스타인은 기다렸다는 듯이 에이나의 물음에 답을 해주었다. 마나주입이 안 되는 이유를 추정한 것부터 시작해서, 그 해결책으로 마나홀의 재구축과 그에 따른 후폭풍을 선택했다는 것까지 전부다 이야기를 하였다.

"그렇군요… 충분히 가능성은 있어 보이지만…."

에이나는 끝말을 잇지 못하고 얼버무렸는데, 칼스타인은 그녀가 하려 했던 말을 알 수 있었다.

"그래. 자칫 잘못하면 애써 만든 [영혼의 그릇]이 깨어질 수도 있지. 만일 그런 상황이 되면 마나역류를 통해서 재구축을 취소하고 내부로 마나를 돌릴 생각이야."

복잡한 마나이론들이 나오자 성소현은 이해하지 못하겠다는 표정을 지었는데, 칼스타인의 말을 이해한 케론은 깜짝 놀라며 말을 덧붙였다.

"그렇게 된다면 대장님께서 위험해 질 수 있지 않습니까!"

"뭐… 그럴 수도 있지."

"그렇다면!"

그의 시인에 케론이 대경하며 다시 입을 열려고 하였지만, 칼스타인은 손을 들어 그의 말을 막고 말했다.

"너무 걱정하지 마. 나도 그런 상황이 벌어지지 않도록 충분히 준비를 할 테니 말이야. 일단 엘리니크를 만나서 조언을 좀 들어야겠어. 마나 이론이라면 그를 능가할 자는 거의 없으니 말이야."

칼스타인이 엘리니크를 언급하자 에이나는 조용히 한마디를 덧붙였다.

"스승님이 조언을 해주신다면 위험의 상당부분은 줄일 수 있겠군요."

"그래. 안 그래도 이번 대전에 영혼 포인트를 많이 모아서 웬만한 물품은 다 가져올 수 있을 것 같아. 케론. 네가 걱정하는 그런 일은 안 생길 거야. 걱정하지 마."

보통 몬스터를 잡으면 영혼 포인트를 얻을 수 없었다. 그것은 이성이 없는 몬스터의 영혼이 포인트를 얻을 수 있는 정도로 정련되지 않아서라고 추정했는데, 대전의 세상에 있는 드라고니아의 전사들은 인간과 다르지 않는 이성을 갖고 있었다.

그 말인 즉, 드라고니아의 전사를 잡는다면 영혼 포인트를 얻을 수 있다는 말과도 상통하였다.

그래서 지금 칼스타인은 헤스티아 대륙에서 어떤 물건을 가져와도 좋을 정도로 충분한 영혼 포인트를 쌓은 상태였다.

케론은 그제야 경직된 표정을 다소 풀고 대답을 하였다.

"엘리니크님이 가능하다고 한다면 저로서도 마음 편히 있을 수 있겠지요. 그러니까 드리는 말씀입니다만, 대장님. 만일 엘리니크님이 위험하다고 하면 절대 시도하시면 안 됩니다."

"그래그래. 알겠어."

대화가 마무리 되는 것처럼 보이자 큰 눈을 껌뻑껌뻑 뜨고 이야기를 듣고 있던 성소현이 한 마디 덧붙였다.

"그러니까 리나를 구하려면 수혁이 네가 위험을 져야 한다는 거야? 케론씨는 그걸 반대했던 거고?"

"뭐… 그런 거지. 하지만 지금 너도 봐서 알겠지만, 이제는 문제없어."

"아니 그런 게 아니고 리나 치료할 때 나도 함께 하면 안 될까? 혹시 네가 위험해지면 내가 치료할 수도 있잖아."

성소현의 걱정어린 말에 칼스타인은 그녀의 어깨를 두드리며 미소를 지었다.

"일반적인 치유와는 조금 달라서 안 될 것 같아. 대신 마음만 고맙게 받을게."

성소현에게 말을 건넨 칼스타인은 이번엔 케론과 에이나를 향해 말했다.

"어머니께 인사드리고 내일 바로 출발할 테니, 나 없는 동안 어머니 잘 지켜드리고 애들 교육 좀 시켜. 다음 대전에는 그 녀석들도 함께 할 수 있도록 말이야."

여기서 애들이란 에르하임 길드에 가입했던 수호대의 대원들 이야기였다. 다음 대전까지 최소 4, 5년 이상의 시간이 있기 때문에 완전히 무리한 요구는 아니었다.

물론 재능이 없다면 열 배의 시간이 있더라도 마스터에 오르는 것은 불가능하겠지만, 칼스타인의 판단에 그들이 마스터까지 오르는 것은 충분히 가능성이 있었다.

거기다가 케론이라는 교관까지 함께한다면 그 가능성은 더욱 더 높아 질 것이었다.

"네, 알겠습니다. 대장님. 우리는 저 쪽 세상에 있은 지 세 달이 넘었지만, 이 녀석들은 일주일 밖에 되지 않았으니 아직 완전히 풀려 있지는 않을 겁니다. 제가 확실히 교육시켜 놓겠습니다."

방 안에 있는 달력 겸 시계를 통해서 케론은 오늘이 며칠인지 알 수 있었다. 그리고 계산해 본 결과 지구의 시간은 일주일 밖에 지나지 않았다.

"그래, 부탁하마. 그럼 다들 고생 많았고, 일단 푹 쉬어."

[엘리니크. 집무실로 와줘.]

　　[네, 폐하.]

　　수면을 통해서 지구에서 헤스티아 대륙으로 돌아온 칼스타인은 늘 그렇듯이 엘리니크부터 찾았다.

　　칼스타인의 마법 전언을 들은 엘리니크는 얼마 지나지 않아 칼스타인의 집무실로 들어왔다.

　　엘리니크의 등장을 확인한 칼스타인은 단도직입적으로 질문을 던졌다.

　　"전에 말했던 부분은 해결책을 좀 찾았어?"

　　"전에 말씀했던 것이라면… 셀리나의 이야기군요."

　　"그래. 찾았어?"

　　요즈음의 칼스타인은 과거처럼 지구에서만 시간을 보내는 것이 아니라 헤스티아 대륙에서도 지구에서 보내는 시간과 비슷한 정도 시간은 보내며 정무를 보고 있었다.

　　즉, 엘리니크에게도 충분히 연구할 시간이 있었다는 것이었다.

　　"…정확히 말씀드리면 확실한 해결책은 찾지 못했습니다. 과거부터의 기록을 찾아보았는데 그런 케이스는 나타나지 않았더군요. 일단 마카르타의 마학국장에게 공식적인 문의를 넣어둔 상태입니다만… 해결책을 줄 수 있을지는 의문입니다."

마카르타는 마도황국이라 불리는 헤스티아 최강의 마법국가였다. 게다가 마도황국의 마법원주는 대륙최강의 마법사이자 대륙 유일의 10서클 마법사였다.

마학국장은 그보다 낮은 9서클이긴 하였지만, 마법을 연구하는 것을 전문으로 하는 자리이다 보니 마법이론에 관한 부분은 원주보다 더 낫다는 이야기도 있었다.

그렇기에 엘리니크가 충분히 질의를 할 수 있는 상대였다. 하지만, 케이스가 케이스다 보니 그들이라 해도 확실한 대답을 줄 수 있을 것이라는 생각은 들지 않았다.

"흐음…. 그럴 수도 있겠지."

"다만."

엘리니크의 말은 여기서 끝나지 않았다. 그가 '다만'이라는 말로 서두를 시작할 때에는 확실하지는 않지만 나름의 방법은 세워두었다는 말이었다.

완벽주의자에 가까운 그의 성격상 확실하지 않는 부분은 말하기를 꺼려했기에 이렇게 이야기 하는 것이지, 그가 이렇게 이야기를 할 때에는 평범한 사람들이 보기에는 충분히 승산이 있는 대안을 꺼내놓곤 하였다.

"다만?"

"검증되지 않은 가설 몇 개는 있습니다. 그 중에서 가장 가능성이 높은 부분을 말씀드리면…."

엘리니크는 한참 동안이나 마법 이론을 들어서 칼스타인에게 자신의 가설을 설명하였다.

칼스타인도 간단한 마법지식은 있으나 말 그대로 간단한 지식에 불과하였기에, 엘리니크가 최대한 풀어서 설명해주고는 있으나 모두 알아듣기는 무리라 할 수 있었다.

하지만 그 핵심은 충분히 이해하였는데 공교롭게도 칼스타인이 생각했던 부분과도 어느 정도 맞닿아 있었다.

"……그러니까 지금 셀리나의 [영혼의 그릇] 마나를 전달할 수 없는 이유는 마나의 밀도 때문이라는 추정을 할 수 있는 것이지요. 결론을 말씀드리면 그 밀도를 누를 만큼 강한 압력으로 마나를 주입하면 마나의 전달이 될 것이라 생각합니다. 여기서 두 가지 문제가 있는데, 하나는 그런 압력을 발생시키는 방법의 문제이고 다른 하나는…."

여기까지 듣고 있던 칼스타인이 엘리니크의 말을 받았다.

"다른 하나는 그 강력한 압력에 [영혼의 그릇]이 깨어질 수 있다는 것이겠지."

"그렇습니다."

충분히 생각했던 부분이었다. 압력부분이야 아직 말하지 않은 마나 증가제를 통한 마나홀의 재구성으로 해결할 수 있을 것이지만, [영혼의 그릇]을 보호하는 것은 다른 문제였다.

잠시 생각을 하던 칼스타인은 옆에 시립하고 있는 엘리니크에게 조용히 다시 물었다.

"그에 대한 해결책은 있어?"

여기까지 말했다면 완벽한 해결책은 아니라도 어느 정도 합리적인 선택지 정도는 마련했을 엘리니크였다.

하지만 엘리니크의 표정은 그리 밝지 않았다.

"…해결책이라고 말하긴 좀 그렇지만, 일단 압력부분은 폐하께서 승급할 때를 기다릴 수밖에 없을 것 같습니다. 그 정도는 되어야 충분한 압력을 마련할 수 있을 것 같으니 말입니다."

"그 부분은 해결할 수 있을 것 같아. 이번 대전 종료 보상으로 상급의 마나증가제를 구했거든. 그것으로 마나홀을 재구성한다면 승급시의 압력까지는 아니지만 상당한 압력을 구현할 수 있을 것 같아."

칼스타인의 상황을 상세히 알고 있는 엘리니크는 그의 말에 한 시름 덜었다는 표정으로 말을 이었다.

"아. 그렇습니까? 그럼 한 시름 덜었네요. 남은 건 [영혼의 그릇]을 보호하는 것인데… 사실 보호하기는 힘들 것 같습니다."

뜻밖이라 할 수 있는 엘리니크의 말에 칼스타인은 고개를 살짝 꺾으며 반문했다.

"음? 무슨 말이야? 그럼 이 방법은 포기해야 한다는 거야?"

"포기라고 하긴 그렇고, 우회한다는 표현이 좋겠군요. 지금까지 폐하께서 마나 주입을 위해 행하신 방법을 들어보니 [영혼의 그릇]은 외부와 철저히 단절 되어 있다는 것을 알 수 있었습니다."

"그렇겠지. 아무래도 사기에서 영혼을 보호하는 것을 목적으로 하고 있으니 말이야."

"그렇습니다. 그래서 만일 [영혼의 그릇]이 버틸 수 있는 한도 이상으로 마나를 주입한다면 마나 주입은 가능하겠지만 그릇은 깨어질 가능성이 높다는 것이지요."

"거기까진 이해했으니 바로 결론으로 가자고."

했던 이야기가 또 반복되는 것 같자 칼스타인은 엘리니크의 말을 막으며 말했다.

"결론을 말씀드리면 마나주입을 통해 [영혼의 그릇]을 부수면서 그녀의 영혼을 부활시킨 뒤 그녀에게 새로운 몸을 줘야 한다는 것입니다."

"새로운 몸?"

"네, 폐하께서 처음 이수혁이라는 지구인의 빈 몸에 들어갔듯이, 셀리나 역시 같은 방식으로 새로이 그녀의 영혼이 자리 잡을 수 있는 곳을 마련하는 것이지요."

생각하지 못했던 발상이었다. 지금까지 칼스타인은 근원만 완성하고 그 근원을 통해서 신체를 구성하는 방식을 생각하였는데, 엘리니크는 발상 자체를 뒤집은 것이었다.

하지만 이 방법도 걸리는 부분이 있었다.

"흐음…. 무슨 말인지는 알겠는데, 셀리나는 썬더버드인데 인간의 몸에 그녀의 영혼이 들어가서 자리 잡을 수 있을까? 나야 같은 인간이었고, 신의 파편이라는 같은 매개체가 있어서 자리 잡을 수 있었잖아."

칼스타인이 수면을 통해 양 차원을 왔다 갔다 하는 이유에 대해서는 아직도 알 수 없었지만, 왜 굳이 이수혁의 몸에 칼스타인이 들어갈 수 있었던 것인가에 대한 연구는 어느 정도 진행된 상태였다.

그리고 당시의 결론이 신의 파편, 혹은 신의 흔적이라 불린 강력한 신력의 일부가 그 매개체가 되었을 것이라는 추정을 할 수 있었다.

그러나 지금 엘리니크가 말하는 것은 이런 매개체도 없이 셀리나의 영혼을 다른 이의 몸에 자리를 잡게 한다는 것이었다.

　　"일단 셀리나의 영혼이 인간의 몸에 자리잡는 것은 큰 문제가 될 것 같지는 않습니다. 이미 인간형으로 상당한 시간동안 신체를 유지한 경험도 있기에 그에 따른 괴리도 발생하지는 않을 것 같구요. 오히려 매개체가 더 문제인데 그 해결은 폐하께서 하실 수 있지요."

　　"내가?"

　　"그렇습니다. 과거 셀리나의 미성숙했던 영혼이 깨어날 수 있도록 불어넣어 준 마나가 폐하의 마나, 정확히는 에르하임 마나연공법의 만들어진 마나였지 않습니까? 그래서 같은 방식으로 그녀의 영혼이 들어갈 몸에 그 에르하임 마나연공법으로 만들어진 마나홀을 만드셔야 한다는 것이지요."

　　엘리니크의 말은 칼스타인이 이수혁의 몸에 들어갈 때의 매개체가 신의 파편이었듯이, 그의 마나를 매개체로 하여 셀리나의 영혼과 그 영혼이 들어갈 몸을 묶으라는 것이었다.

　　"흐음… 그럴싸한데… 그런데 이 방법으로는 썬더버드의 힘은 사용하기 힘들겠군."

"아쉽지만 그렇습니다. 전격의 속성은 다소 남아있겠지만, 썬더버드 특유의 힘은 사용하기 힘들겠지요. 그리고 이미 말씀드렸듯이 이 방법은 아직 검증된 방법은 아닙니다. 추가적인 연구를 통해서 검증이 되고 나면 진행하시지요."

엘리니크는 거듭하여 이 방법이 미완성임을 강조하였다. 하지만 칼스타인의 생각은 달랐다.

"영혼을 다루는 일인데 검증까지 얼마나 걸릴까? 1년? 2년? 아니 10년이 지나도 확실히 된다는 보장은 없겠지."

"…그렇겠지요. 하지만."

칼스타인의 말에 무언가 반박을 하려던 엘리니크는 칼스타인이 들어올린 손에 말이 막혔다.

"엘리. 네가 할 수 있는 것은 다 했어. 그리고 네 가설은 충분히 가능성이 있겠다는 생각이 드는군. 이 방법으로 진행할 테니 도움을 줄 수 있는 마법도구 같은 것이 있으면 만들어 줘. 한 일주일 정도는 여기에 머물테니 말이야."

"후… 알겠습니다. 폐하."

어쩌면 엘리니크는 이 대안을 꺼낼 때부터 칼스타인이 이 방법을 선택할 것이라고 어느 정도는 각오하고 있었다.

그렇기에 칼스타인의 생각을 강하게 말리거나 하지는 않았다.

조용히 목례를 하고 집무실의 문을 나서는 엘리니크를 뒤로하고 칼스타인은 가만히 생각에 잠겼다.

칼스타인이 아무리 그랜드마스터에 올랐다 하더라도 그가 단순히 마나만 주입하여 환골탈태를 시켜주는 것은 쉬운 일이 아니었다. 아니 불가능에 가까웠다.

심지어 라이트 소더라 하더라도 보통사람의 몸에 마나만 주입해서 환골탈태를 시켜 줄 수는 없었다.

단순히 마나만 주입한다면 환골탈태는 커녕 터져버릴 가능성도 있었다.

이 방법이 가능한 것은 식물인간의 몸에 셀리나의 영혼이 들어가기 때문이었다.

그녀의 영혼이 가진 복원성이 칼스타인이 주는 마나를 이용하여 그녀가 들어간 몸을 환골탈태 시키는 것이었다.

'문제는 셀리나가 들어갈 몸을 구하는 것이군. 그럼 마나에 자질이 있는 식물인간이 필요한 건가? 흐음….'

〈6권에서 계속〉